'우리가 정말 알아야 할 우리 고전' 기획 위원

고운기 | 한양대학교 문화콘텐츠학과 교수
김현양 | 명지대학교 방목기초교육대학 교수
정환국 | 동국대학교 국어국문학과 교수
조현설 | 서울대학교 국어국문학과 교수

우리가 정말 알아야 할 우리 고전
흥 부 전

초판 1쇄 발행 | 2004년 5월 25일
초판 5쇄 발행 | 2014년 8월 8일

글 | 김성재
그림 | 이광택
펴낸이 | 조미현

디자인 | 조윤정

펴낸곳 | (주)현암사
등록 | 1951년 12월 24일 · 10-126
주소 | 121-839 서울 마포구 동교로12안길 35
전화번호 | 365-5051 · 팩스 | 313-2729
전자우편 | editor@hyeonamsa.com
홈페이지 | www.hyeonamsa.com

글 ⓒ 김성재 2004
그림 ⓒ 이광택 2004

*지은이와 협의하여 인지를 생략합니다.
*잘못된 책은 바꿔 드립니다.

ISBN 978-89-323-1220-0 03810

우리가 정말 알아야 할 우리 고전

흥부젼

우리가 정말 알아야 할 우리 고전

흥부전

글 – 김성재   그림 – 이광택

현암사

우리 고전 읽기의 즐거움

문학 작품은 사회와 삶과 가치관을 총체적으로 담고 있는 문화의 창고이다. 때로는 이야기로, 때로는 노래로, 혹은 다른 형식으로 갖가지 삶의 모습과 다양한 가치를 전해 주며, 읽는 이에게 기쁨과 위안을 주는 것이 문학의 힘이다.

고전 문학 작품은 우선 시기적으로 오래된 작품을 말한다. 그러므로 낡은 이야기일 수 있다. 그러나 그 속에 담긴 가치와 의미는 결코 낡은 것이 아니다. 시대가 바뀌고 독자가 달라져도 고전이라는 이름으로 여전히 많은 사람에게 읽히는 작품 속에는 인간 삶의 본질을 꿰뚫는 근본적인 가치가 담겨 있다. 그것은 시대에 따라 퇴색되거나 민족이 다르다고 하여 외면될 수 있는 일시적이고 지역적인 것이 아니다. 시대와 민족의 벽을 넘어 사람이면 누구나 공감할 수 있는 보편적이고 세계적인 것이다. 그렇기 때문에 우리가 톨스토이나 셰익스피어 작품에서 감동을 느끼고, 심청전을 각색한 오페라가 미국 무대에서 갈채를 받을 수도 있다.

우리 고전은 당연히 우리 민족이 살아온 삶의 궤적을 담고 있다. 그 속에 우리의 지난 역사가 있고 생활이 있고 문화와 가치관이 있다. 타인에게 관대하고 자신에게 엄격한 공동체 의식, 선비 문화 속에 녹아 있던 자연 친화 의식, 강자에게 비굴하지 않고 고난에 굴복하지 않는 당당하고 끈질긴 생명력, 고달픈 삶을 해학으로 풀어내며 서러운 약자에게는 아름다운 결말을 만들어 주는 넉넉함…….

사람과 사람, 사람과 자연의 '어울림'을 중요하게 생각했던 우리의 가치관은 생활 속에 그대로 녹아서 문학 작품에 표현되었다. 우리 고전 문학 작품에는 역사가 기록하지 않은 서민의 일상이 사실적으로 전개되며 우리의 토속 문화와 생활, 언어, 습속이 구체적으로 드러난다. 작품 속 인물들이 사는 방식, 그들이 구사하는 말, 그들의 생활 도구와 의식주 모든 것이 우리의 피 속에 지금도 녹아 흐르고 있음이 분명하지만 우리 의식에서는 이미 잊힌 것들이다.

　그것은 분명 우리 것이되 우리에게 낯설다. 고전을 읽음으로써 우리는 일상에서 벗어나 그 낯선 세계를 체험하는 기쁨을 얻게 된다. 몰랐던 것을 새롭게 아는 것이 아니라 잊었던 것을 되찾는 신선함이다. 처음 가는 장소에서 언젠가 본 듯한 느낌을 받을 때의 그 어리둥절한 생소함, 바로 그 신선한 충동을 우리 고전 작품은 우리에게 안겨 준다. 거기에는 일상을 벗어났으되 나의 뿌리를 이탈하지 않았다는 안도감까지 함께 있다. 그것은 남의 나라 고전이 아닌 우리 고전에서만 받을 수 있는 선물이다.

　우리 고전을 읽어야 한다는 데는 이미 많은 사람이 공감한다. 고전 읽기를 통해서 내가 한국인임을 자각하고, 한국인이 어떻게 살아 왔으며, 어떻게 살아가야 할지 알게 하는 문화의 힘을 느낄 수 있다.

　하지만 고전은 지난 시대의 언어로 쓰인 까닭에 지금 우리가, 우리의 청소년이 읽으려면 지금의 언어로 고쳐 쓰는 작업이 반드시 선행되어야 한다.

우리가 쉽게 접하는 세계의 고전 작품도 그 나라 사람들이 시대마다 새롭게 고쳐 쓰는 작업을 거듭한 결과물이다. 우리는 그런 작업에서 많이 늦은 것이 사실이다. 이제라도 우리 고전을 새롭게 고쳐 쓰는 작업을 할 수 있는 것은 우리의 문화 역량이 여기에 이르렀다는 반증이다.

 현재 우리가 겪는 수많은 갈등과 문제를 극복할 해결의 실마리를 고전 속에서 찾을 수 있다고 확신하면서 우리 고전을 지금의 언어로 고쳐 쓰는 작업을 시작한다. 이 작업은 여기에서 멈추지 않고 앞으로도 시대에 맞추어 꾸준히 계속될 것이다. 또 고전을 읽는 데서 끝나지 않을 것이다. 우리 고전은 우리의 독자적 상상력의 원천으로서, 요즘 시대의 화두가 된 '문화 콘텐츠'의 발판이 되어 새로운 형식, 새로운 작품으로 끝없이 재생산되리라고 믿는다.

 '우리가 정말 알아야 할 우리 고전'을 기획하면서 우리는 다음과 같은 몇 가지 원칙을 세웠다.

 먼저 작품 선정에서 한글·한문 작품을 가리지 않고, 초·중·고 교과서에 수록된 작품을 우선하되 새롭게 발굴한 것, 지금의 우리에게도 의미 있고 재미있는 작품을 포함시키기로 하였다.

 그와 함께 각 작품의 전공 학자들이 적극적으로 참여하여 판본 선정과 내용 고증에 최대한 정성을 쏟았다. 아울러 원전의 내용과 언어 감각을 훼손

하지 않으면서도 글맛을 살리기 위해 윤문 과정을 여러 차례 거쳤다.

　마지막으로 시각 효과를 높이기 위해 내용에 맞는 그림을 곁들였다. 그림만으로도 전체 작품의 흐름을 알 수 있도록 화가와 필자가 협의하여 그림 내용을 구성했으며, 색다른 그림 구성을 위해 순수 화가를 영입하였다.

　경험은 지혜로운 스승이다. 지난 시간 속에는 수많은 경험이 농축된 거대한 지혜의 바다가 출렁이고 있다. 고전은 그 바다에 떠 있는 배라고 할 수 있다.

　자, 이제 고전이라는 배를 타고 시간 여행을 떠나 보자. 우리의 여행은 과거에서 출발하여 앞으로 미래로 쉼 없이 흘러갈 것이며, 더 넓은 세계에서 더 많은 사람을 만나며 끝없이 또 다른 영역을 개척해 갈 것이다.

2004년 1월
기획 위원

글 읽는 순서

우리 고전 읽기의 즐거움 | 사

수숫대로 집을 짓고 보니 | 십일
자식들은 밥 달라 장가보내 달라 보채고 | 십칠
형은 몽둥이 타작, 형수는 주걱으로 치고 | 이십사
매품 팔아 돈 구경 하렷더니 | 삼십일
매 맞기도 복에 없어 | 삼십칠
제비 다리 고쳐 주고 | 사십삼
팔월이라 중추절에 슬근슬근 박을 타네 | 오십사
박 속에서 온갖 보물이 우수수 | 육십
흥부가 부자 되니 놀부는 배가 아파 | 육십오
제비야, 제비야, 내가 구렁이니라 | 칠십사
양반님네 닦달에 놀부는 혼비백산 | 팔십삼
스님도 무당도 놀부 위해 빌었다네 | 팔십칠
매 맞고 돈 뺏기고, 놀부가 기가 막혀 | 구십사
수백 명 왈짜가 한바탕 왁자지껄 | 구십구
박국을 먹었더니 식구마다 당동당동 | 백구
똥이냐 황금이냐, 온 집안이 싯누렇네 | 백십칠

작품 해설 | 『흥부전』에 대한 몇 가지 생각 | 백이십삼

수숫대로 집을 짓고 보니

북을 치는데 되는대로 치지 말고 똑 이렇게 쳐 보아라. 만리장성 담 안에 아방궁 높이 짓고 옥새*를 거머쥐고 여섯 나라 제후에게 조회 받듯이*, 험준한 바위 겹겹이 쌓인 깊고 깊은 골짜기에 잔나비(원숭이) 새끼 두고 사랑스러워 어쩔 줄 몰라 하듯이* 쳐 보아라. 그러면 내 참으로 이상한 옛날이야기 하나를 하겠다.

형제는 오륜*의 하나요 같은 부모에게서 몸을 나누어 받은 사이다. 그러므로 잘살고 못살거나 좋고 나쁜 일을 모두 함께 나누어야 하는 법이다. 그런데 어떤 사람은 우애 있고 어떤 사람은 화목하지 못할까.

충청도와 전라도, 경상도가 만나는 곳 한 마을에 연 생원이라는 사람이 놀부, 흥부라는 두 아들을 두었다. 두 사람은 같은 어머니에게서 태어났지만 착하고 심술궂음이 완전히 딴판이다. 흥부는 마음이 착하고 효성이 지극하여 형제 사이의 우애가 극진하다. 그러나 놀부는 뱃속부터 다르게 생겨서 부모께는 불효하고 형제간에 우애 없으며 마음 쓰는 것이 괴상하기만 하다.

다른 사람은 뱃속에 오장과 육부를 가지고 있는데 놀부만은 오장과 칠부를 가졌다. 곁간 옆에 심술보 하나가 더 붙어 있기 때문이다. 이 심술보가

---

* 옥새(玉璽) | 임금의 도장.
* 만리장성~조회 받듯이 | 북 치는 방법을 말한 것. 매우 질서 있고 엄숙하게 친다는 뜻인 듯하다.
* 험준한~몰라 하듯이 | 아주 빠르게 잔가락으로 북을 친다는 뜻인 듯하다.
* 오륜(五倫) | 사람이 지켜야 할 다섯 가지 도리. 부자유친(父子有親), 군신유의(君臣有義), 부부유별(夫婦有別), 장유유서(長幼有序), 붕우유신(朋友有信)을 이른다.

한번 뒤집히면 심술을 부리는데 참 요란하게도 피운다.

  술 잘먹고, 욕 잘하고, 약 잘 올리고, 싸움 잘하고, 사람 죽은 데 춤추기, 불 붙는 데 부채질하기, 아이 낳은 데 가서 개 잡기, 장에 가면 생떼 쓰기, 우는 아이 똥 먹이기, 죄 없는 사람 뺨 때리기와 빚을 갚지 않는다고 남의 부인 뺏어 오기, 늙은 영감 덜미 잡기, 아이 밴 여자 배 차기, 우물 곁에 똥 누기, 올벼 심은 논에 물 터놓기, 다 된 밥에 돌 퍼붓기, 패는 곡식 이삭 빼기, 논두렁에 구멍 뚫기, 애호박에 말뚝 박기, 곱사등이 엎어 놓고 밟아 주기, 똥 누는 놈 주저앉히기, 앉은뱅이 턱살 차기, 옹기 장사 작대기 치기, 무덤 옮기는 데 뼈 감추기, 남의 부부 잠자는 데 소리 지르기, 수절 과부 겁탈하기, 결혼하려는 사람 훼방하기, 먼 바다로 나가는 배 밑창 뚫기, 목욕하는 데 흙 뿌리기, 담(결리고 아픈 병) 붙은 놈 코침 주기, 눈 앓는 놈 고춧가루 넣기, 이 앓는 놈 뺨 때리기, 어린아이 꼬집기, 다 된 홍정 방해하기, 중놈 보면 머리에 대테* 메기, 남의 제사 닭 울리기, 한길에 허방* 파기, 비 오는 날 장독 열기, 한결같이 못된 짓만 골라서 저지르고 다닌다.

  놀부는 이렇게 모과나무같이 뒤틀리고 동풍 안개 속의 수숫잎*같이 꼬였다.

  홍부는 정반대로 그지없이 착하고 온순하다. 언제나 형이 하는 짓을 탄식하며 때때로 충고하고 싶어도 말해 봤자 쓸데없는 일인 줄을 뻔히 안다. 그래서 입을 꾹 다물고 그저 주는 대로 먹고 시키는 일이나 공손히 한다. 그러나 저 못된 놀부 놈은 조금도 뉘우치지 않고 갈수록 심술만 늘어난다.

  놀부는 욕심이 가득하여 부모가 물려준 재산을 혼자 다 차지했다. 논밭과 종이며 가축까지 모두 제가 다 가지고 홍부에게는 조금도 나누어 주지 않은 채 구박만 했다. 그래도 홍부는 조금도 다투지 않고 그저 고분고분 형에게 순종했다.

놀부는 부모가 물려준 재산으로 좋은 옷 입고 맛난 음식 먹으며 떵떵거리면서 살지만 부모님 제사가 되어도 제사상에는 음식 차릴 생각이 전혀 없다. 음식 대신 종이에 '떡 값', '과일 값'이라고 각각 써서 차려 놓고 제사를 지내고는 그래도 아깝다고 불평이다.

"이번 제사에도 안 쓰고 아낀다고 아꼈는데 그래도 황초(제사에 쓰는 초) 값 닷 푼*은 간데없이 사라졌네."

이런 몹쓸 놈이 하루는 흥부 쫓아낼 궁리를 한다. 흥부 식구를 내쫓으면 양식도 많이 남고 씀씀이도 줄어들 것 같다. 그래서 자기 아내와 의논하고 흥부를 불러 이른다.

"형제라는 것은 어려서는 같이 살지만 결혼하여 자식 낳고 가정을 이룬 다음에는 각자 생활하는 것이 떳떳한 법이다. 그러니 너는 네 식구를 데리고 나가서 살아라."

흥부는 깜짝 놀라 울면서 애걸했다.

"형제는 팔다리 같은 관계라고 했습니다. 우리는 딱 두 형제인데 따로 살면 화목한 정이 없어질 것입니다. 형님, 부디 다시 생각하십시오."

놀부가 집이라도 한 칸 마련해 주고 나가라고 한 것이 아니다. 맨손으로 쫓아내려고 하다가 흥부의 착한 말을 들으니 못된 심술이 불처럼 일어난다. 놀부는 눈을 부릅뜨고 팔뚝을 휘두르며 소리친다.

"이놈 흥부야, 잘살아도 내 팔자요 못살아도 네 팔자다. 어찌 언제까지나 형을 뜯어먹고만 살려고 하느냐. 잔소리 말고 어서 나가라."

---

* 대테 | 대를 가늘게 쪼개어서 만든 테로 나무통이나 오지 그릇 등을 메는 데 쓴다. '중놈 보면 대테 멘다'는 건 중의 머리에 대테를 멘다는 뜻인 듯하다.
* 허방 | 땅바닥이 움푹 패어서 빠지기 쉬운 곳.
* 동풍 안개 속의 수숫잎 | 심술이 사납고 성질이 순수하지 못하다는 뜻.
* 푼 | 옛날 돈을 세던 단위. 푼은 돈을 세는 가장 작은 단위로 열 푼이 한 돈, 두 돈 닷 푼이 일 문(文), 백 문이 한 냥이다.

홍부가 생각하니 형의 마음보가 벌써 저렇고 보면 어쩔 방법이 없다. 만일 시끄럽게 굴다가 남이 알게 되면 형의 흉만 더 드러날 것 같다. 잠자코 제 방으로 돌아와 아내와 나갈 일을 의논한다. 홍부 아내도 착하고 어진 부인이라 남편의 뜻을 따르며 한마디 원망도 없이 눈물만 흘린다.

"아주버님께서 저러시니 나갈 수밖에 없지요. 하지만 방 한 칸이 없으니 어린 자식들과 어디 가서 살겠어요?"

이러지도 저러지도 못하고 걱정하는 사이에 밤이 새고 날이 밝았다. 어느새 놀부 놈이 방 앞에 와서 호통을 한다.

"이놈 홍부야, 내 어제 그렇게 일렀는데 무슨 생각으로 아직도 안 나가느냐? 네 지금 당장 안 나가면 마구 패서 내쫓을 것이다."

이른 아침부터 이렇게 구박하니 잠시도 견딜 수가 없다. 홍부는 아무 대답도 못하고 아내와 어린 자식들을 데리고 무턱대고 문을 나섰지만 갈 곳이 막막하다. 건넛산 언덕 밑에 움을 파고 모여 앉아 밤을 새고 나서 아무리 생각해도 갈 곳이 없다. 차라리 옮기지 말고 이곳에 오두막 초가집이라도 짓고 사는 수밖에 없겠다.

집을 지으려면 깊은 산에 들어가서 크나큰 아름드리나무를 와루렁퉁탕 지끈둥 베어다가 안방, 대청, 중채, 사랑채를 네모반듯하게 짓고, 선자추녀* 굽도리* 바리받침* 내외 분합* 물림퇴* 살미살창* 가로닫이* 분벽주란* 골

* 선자(扇子)추녀 | 지붕 끝을 부채 모양으로 퍼지게 만든 추녀.
* 굽도리 | 방 안 벽의 아랫부분.
* 바리받침 | 대들보의 중간에 놓인 기둥의 한가지.
* 분합(分閤) | 대청 안쪽 전체에 드리는 긴 창살문.
* 물림퇴 | 집의 앞뒤나 양옆으로 달아내어 붙인 작은 칸.
* 살미살창 | 작은 나뭇가지를 박아 모양을 낸 창문.
* 가로닫이 | 가로로 여닫게 된 창이나 문.
* 분벽주란(粉壁朱欄) | 하얗게 꾸민 벽과 붉은 칠을 한 기둥.

고루 갖추어야 하는데, 흥부는 그렇지 않다. 낫 한 자루를 쓱쓱 갈아서 지게에 꽂아 지고 묵은 밭을 찾아다니며 수숫대 뺑대*를 닥치는 대로 베어 짊어지고 돌아와서 집을 짓는다. 비스듬한 언덕에 괭이로 집터를 깎아 놓고 집 한 채를 짓는다. 안방 대청 행랑채 몸채를 말집*으로 한나절 만에 다 짓고 돌아보니 수숫대 반짐이 그대로 남았다.

　안방은 어찌나 너르든지 누워서 발을 뻗으면 발목이 벽 밖으로 나가서 꼭 차꼬* 찬 놈 같고, 방에서 멋모르고 일어서면 모가지가 지붕 밖으로 나가서 사형 집행하는 망나니에게 잡혀 칼 쓴 놈 같다. 잠결에 기지개라도 켜면 발은 마당 밖으로 뻗치고 두 주먹은 윗벽으로 나가고 엉덩이는 울타리 밖으로 빠진다. 동네 사람들이 오가며 그 꼴을 보고 거치적거린다고 소리친다.

　"이 궁둥이 불러들이소."

　흥부는 그 소리에 깜짝 놀라 일어나 앉아 소리 내어 울며 넋두리를 늘어놓는다.

　"애고 답답 설움이야, 이 노릇을 어찌할꼬. 어떤 사람은 팔자 좋아 정승 판서 되어서 번듯하게 좋은 집에 부귀공명 누리면서 좋은 옷 맛난 음식 호강하며 사는데 나 같은 팔자는 어찌 이리 가난할까. 개집만한 오막살이 이 한 몸을 가누기 어렵구나. 지붕마루에 별이 뵈고, 하늘에 구름 끼어 이슬비 내리면 방 안에는 홍수 나고, 문밖에 가랑비 내리면 방 안에는 굵은 비 온다. 앞문은 살이 없고 뒷문은 뼈대만 남아 동지섣달 눈바람이 화살 쏘듯이 들어오네. 어린 자식 젖 달라고 칭얼대고 자란 자식 밥 달라고 보채니 서러워서 못살겠다."

* 뺑대 | 뺑대쑥의 줄기. 뺑대쑥은 엉거시과에 딸린 여러해살이풀로 그 줄기로 집의 지붕을 올리기도 한다.
* 말집(斗屋) | 아주 작고 초라한 집.
* 차꼬 | 죄수의 발목에 채우는 형틀.

자식들은 밥 달라 장가보내 달라 보채고

살림은 이렇게 가난한데 밤농사는 잘도 짓는다. 자식은 해마다 태어나서 줄줄이 나이를 먹으니 이 녀석들에게 제대로 옷도 해 입힐 수가 없다. 큰놈 작은놈이 몸도 가리지 못한 채 한 구석에서 우물우물하니, 방문을 열어 보면 마치 목욕탕에서 아이 어른이 뒤섞여 벌거벗고 있는 모양이다. 흥부는 자식들에게 옷 해 입힐 생각을 하니 아득하기만 하다. 오늘 굶어 죽을지 내일 얼어 죽을지 모르는 아슬아슬한 형편은 사흘에 한 끼 밥 먹기도 어려운데 옷은 엄두도 못 낼 일이다.

밤낮으로 생각해도 뾰족한 수가 없더니 '옳다' 한 가지 방법이 떠올랐다. 큰놈 작은놈을 모조리 한방에 몰아넣고 큰 멍석 하나를 얻어다가 구멍을 자식 수대로 뚫고 내려씌우니 대가리만 콩나물 대가리처럼 내밀었다. 여러 놈이 멍석 하나를 함께 덮어쓰고 보니 한 녀석이 똥을 누러 가면 여러 녀석이 줄줄이 따라갈 수밖에 없다. 그런 꼴을 하고서도 온갖 맛있는 음식은 제각기 찾는다.

한 녀석이 나서며

"애고 어머니, 우리 열구자탕*에 국수 좀 말아 먹었으면."

또 한 녀석이 나오며

"애고 어머니, 나는 벙거짓골*에 고기를 지지고 달걀 좀 풀어 먹었으면."

* 열구자탕 | 신선로에 고기와 각종 야채를 넣고 장국을 부어 끓이면서 먹는 음식.

또 한 녀석이 나오며

"애고 어머니 나는 개장국에 흰 밥 좀 말아 먹었으면."

또 한 녀석이 나오며

"애고 어머니 나는 대추 시루떡에 검정콩 좀 놓아 먹었으면."

또 한 녀석이 나오며

"애고 어머니, 나는 무시루떡 좀 먹었으면."

이렇게 제각기 맛있는 음식을 찾아 보채니 흥부 아내는 기가 막힌다.

"에그 이 녀석들아, 호박국도 못 얻어먹으면서 온갖 맛난 것은 다 찾으니 어찌하잔 말이냐?"

그 중에 한 녀석이 와락 뛰어나오며 한마디 내뱉는다.

"애고 어머니, 나는 올부터 불두덩이가 근질근질 가려우니 장가 좀 들었으면."

자식들은 눈만 뜨면 밥 달라 장가보내 달라 제각기 보채지만 흥부는 아무리 발버둥쳐도 먹여 살릴 방법이 없다. 집안에 먹을 것이라고는 싸라기 한 줌이 없어서 다 깨진 개다리소반*은 네 발을 춤추며 기도하듯 하늘로 향했고, 이 빠진 사발 대접들은 시렁에 사흘 나흘 엎드려 있다. 밥을 지어 먹으려면 달력에서 긴 줄 보아 갑자일*이 되어야 겨우 솥에 쌀이 들어간다. 생쥐가 쌀 알갱이를 얻으려고 밤낮 열사흘을 바쁘게 다니다가 허벅다리에 멍울이 맺혀 종기 따고 앓는 소리가 온 동네를 시끄럽게 하니 어찌 아니 슬프랴.

---

* 벙거짓골 | 벙거지 모양으로 만들어서 전골을 끓이는 그릇인데, 여기서는 벙거짓골에 끓인 전골을 가리킨다.
* 개다리소반 | 다리를 개의 다리처럼 구부정하게 만든 작은 상.
* 갑자일 | 옛날에는 날짜를 갑자, 을축, 정묘 등 육십 간지의 순서로 헤아렸다. '갑자일마다' 라고 하면 육십일에 한 번이라는 뜻이 된다.

"아가 아가 울지 마라. 아무리 젖을 달란들 무엇 먹고 젖이 나며 밥을 아무리 달란들 어디서 쌀이 나겠느냐."

이처럼 달래며 아이들을 다독인다.

이렇게 가난하지만 흥부는 청산유수 같고 곤륜 옥벽*같이 마음이 착하기만 하다. 성인의 덕을 본받고 악한 일을 멀리하며 재물에 욕심이 없고 술과 놀이에도 관심이 없다. 마음이 이러하니 부자가 되기란 바랄 수도 없다.

흥부 아내가 참다 못해 남편에게 말했다.

"여보 아이 아버지, 내 말씀 들어 보시오. 쓸데없이 청렴한 체 그만 하세요. 굶주리면서도 도를 지킨 안자*는 서른 살에 굶어 죽었고, 백이 숙제*는 지조 지키다가 수양산에서 굶어 죽어 청루의 젊은 아가씨들에게 비웃음거리 되었어요. 부질없는 청렴은 그만두고 저 자식들이나 살려 보십시다. 저 건너 아주버님 댁에 가서 쌀이든 돈이든 형편대로 얻어 오세요."

"형님 댁에 갔다가 보리나 타고* 오게."

흥부 아내는 순진한 마음에 보리라고 하니 먹는 보리로만 알고 대답한다.

"여보, 배부른 소리 그만 하세요. 보리는 흉년 곡식이라 늘려 먹기는 정말 쌀보다 낫습니다."

"여보 마누라, 보리라니까 갈보리 봄보리 늦보리로 아나 보오그려. 우리 형님이 음식 끝을 보면 사촌을 몰라보고 가시나무나 물푸레 몽둥이로 함부로 때리는 성품인데 그런 보리를 어떤 놈이 탄단 말이오?"

"애고, 그게 무슨 말씀이에요? 옛말에도 동냥은 못 줄망정 쪽박이야 깨겠느냐고 했어요. 맞으나 안 맞으나 쏘아 보기나 한다고 한번 건너가 보세요."

흥부는 아내의 말에 마지못하여 형의 집으로 건너가는데 몸치장이 볼 만하다.

앞살 터진 헌 망건*에 물렛줄로 당줄* 달아 쓰고, 모자 빠진 헌 갓을 실로

총총 얽어매어 대갓끈 달아 쓰고, 깃만 남은 중치막*에 동강동강 이은 허리띠로 가슴과 허리 눌러 매고, 다 떨어진 바지저고리에 껍질 벗긴 칡덩굴로 대님 매고, 헌 짚신 질끈 묶어 신고 찢어진 부채 손에 들고, 서 홉들이 작은 자루 꽁무니에 비스듬히 차고, 바람 맞은 환자처럼 비슥비슥 건너간다.

놀부 집을 들어가며 두리번두리번 사방을 돌아보니, 앞노적 뒷노적 명에 노적* 쌀노적이 담불담불 쌓였다. 형님 집 살림이 이렇듯 넉넉한 걸 보고 흥부의 착한 마음 즐겁기 그지없다.

그러나 놀부는 마음보가 시커먼 놈이라 흥부 오는 싹을 보면 구박이 이만저만 아닐 것이다. 흥부는 형을 만나기도 전에 예전에 맞던 생각을 하니 겁이 저절로 났다. 온몸을 떨며 공손히 마루 아래에 서서 두 손을 마주 잡고 절하며 문안을 드린다.

이럴 때 다른 사람 같으면 와락 뛰어 내려와서 부축하여 올라가며 이렇게 위로했을 것이다.

"형제간에 마루 아래에서 인사를 하다니 이게 무슨 말이냐?"

그러나 놀부는 워낙 도리를 모르는 놈이라 흥부가 곡식이나 돈을 구걸하러 온 것인 줄 지레 짐작하고 못 본 체 딴청을 피운다. 흥부가 여러 번 말을

---

* 곤륜 옥벽(崑崙玉璧) | 중국의 곤륜산은 좋은 옥이 나기로 유명하다. '청산유수 같고 곤륜 옥벽 같다'는 말은 성품이 매우 깨끗하고 바르다는 뜻.
* 안자(顔子) | 공자의 가장 뛰어난 제자로 이름은 안연(顔淵). 집안이 몹시 가난하여 끼니를 잇기도 어려웠다. 공부하기를 좋아하였으나 젊은 나이에 죽었다.
* 백이 숙제(伯夷叔齊) | 중국 고대의 매우 청렴한 형제. 주(周)나라 무왕(武王)이 포학한 은(殷)나라 주왕(紂王)을 정벌하여 은나라를 멸망시키고 천하를 차지하자 그 일을 의롭지 못하게 여겨 주나라의 곡식을 먹지 않겠다고 다짐하고 수양산에 숨어서 고사리를 캐어 먹으며 살다가 굶어 죽었다.
* 보리를 타다 | 매우 심하게 매를 맞는다는 말.
* 망건 | 일종의 머리띠. 상투 트는 사람이 머리를 가지런하게 하려고 이마에서 뒤통수까지 눌러썼다.
* 당줄 | 망건당줄의 준말. 망건에 달아서 상투에 동여매는 줄.
* 중치막 | 남자 어른이 외출할 때 입던 웃옷.
* 멍에노적 | 짐을 끌 때 말이나 소의 목에 얹는 멍에 모양으로 쌓은 노적. 노적은 곡식을 쌓아 둔 더미.

걸자 그제서야 겨우 묻는다.

"네가 누구인고?"

흥부는 기가 막힌다.

"내가 흥부올시다."

놀부가 와락 소리 지르며 되묻는다.

"흥부가 어떤 놈인고?"

"애고 형님, 이것이 무슨 말씀이오? 마오 마오 그리 마오. 비나이다 비나이다, 형님께 비나이다. 세 끼 굶고 누운 자식 살려 낼 길이 전혀 없어 염치를 불고하고 형님 댁에 왔습니다. 형제의 정을 생각하여 벼나 쌀이나 아무 것이라도 주시면 품을 판들 못 갚으며 일을 한들 거저야 먹겠습니까? 아무쪼록 형제의 정을 생각하여 죽는 목숨 살려 주십시오."

이처럼 애걸하지만 놀부 하는 꼴이 어처구니없다. 사나운 범같이 날뛰며 모진 눈을 부릅뜨고 핏대를 올리며 나무란다.

"너도 참 염치없는 놈이다. 내 말을 들어 보아라. 하늘은 먹을 것이 없는 인간을 낳지 않고, 땅은 이름 없는 풀을 만들지 않는다 했으니 누구나 제 먹을 것은 타고나는 법이다. 그런데 너는 어찌 그리 복이 없어 하고한 날 내게 와서 이리 보채느냐? 여러 소리 듣기 싫다."

그래도 흥부는 울면서 애걸한다.

"어린 자식들 데리고 굶다 못하여 형님 처분만 바라고 염치를 돌아보지 않고 왔습니다. 만일 양식을 못 주겠거든 돈 서 돈만 주시면 하루라도 살겠습니다."

그러나 놀부는 더욱 화를 내며 나무란다.

"이놈아, 들어 보아라. 쌀이 아무리 많다고 해도 너 주려고 섬을 헐며 벼가 많다고 하여 너 주려고 노적을 헐며, 돈이 많이 있다 한들 너 주자고 돈꿰

미를 헐며, 곡식 가루나 주고 싶어도 너 주자고 큰독에 가득한 걸 떠내며, 옷가지나 주려 한들 너 주자고 행랑채에 있는 아랫것들을 벗기며, 찬밥을 주려 한들 너 주자고 마루 아래 청삽사리를 굶기며, 술지게미나 주려 한들 새끼 낳은 돼지를 굶기며, 콩이나 한 섬 주려 한들 농사지을 황소가 네 필인데 너를 주고 소를 굶기겠느냐. 염치없고 생각 없는 놈이로다."

"아무리 그렇더라도 죽는 동생 한 번만 살려 주십시오."

놀부는 화를 더럭 내어 벼락같은 소리로 하인 마당쇠를 부른다. 마당쇠가 "예" 하고 오니 놀부가 분부한다.

"이놈아, 뒤 광문 열고 들어가면 저편에 보리 쌓은 담불이 있지?"

흥부는 그 말 듣고 속으로 '옳다, 우리 형님이 보리라도 한 말 주시려나 보다.' 라고 은근히 기뻐했다.

형은 몽둥이 타작, 형수는 주걱으로 치고

놀부 놈은 마당쇠에게 보릿가마 뒤에 있는 도끼 자루 묶음을 내오게 한다. 그 중에서 손에 맞는 것을 골라잡고는 와락 달려들어 흥부 뒤꼭지를 잔뜩 움켜쥐고 몽둥이로 사정없이 때린다. 마치 손 빠른 중이 절마당 쓸 듯이, 상좌 중이 법고 치듯이 아주 탕탕 두드린다.

"애고 형님, 이것이 웬일이오? 천하에 몹쓸 도적 도척*이도 이보다는 성인이요, 도리 모르는 관숙*이도 이에 비하면 군자로다. 우리 형제 어찌하여 이렇게 하오. 안 주면 그만이시지 때리기는 무슨 영문이오. 애고 어머니 나 죽소."

흥부가 울면서 애원하지만 놀부는 그치지 않고 지끈지끈 실컷 때린다. 그러다 제 기운이 다 빠져서야 몽둥이를 내던지고 숨을 헐떡이며 나무란다.

"이놈, 내 눈앞에 뵈지 마라."

한마디 하고는 뒤도 보지 않고 사랑으로 들어가며 문을 벼락같이 처닫는다.

흥부는 어찌나 맞았던지 온몸이 나른하여 돌아갈 마음밖에 없다. 하지만 그런 중에도 형수나 보고 가려고 엉금엉금 기어서 부엌 근처로 가니 놀부

---

* 도척(盜跖) | 중국 고대의 큰 도적. 무리를 지어서 날마다 죄 없는 사람들을 죽이고 그 간을 꺼내 먹기까지 했다고 한다. 이후 아주 흉측하고 나쁜 사람의 대명사로 쓰이게 되었다.
* 관숙(管叔) | 중국 고대 주(周)나라 무왕(武王)의 동생이며 주공(周公)의 형. 무왕이 죽고 아들이 어렸으므로 주공이 대신 나라를 다스렸는데 관숙이 왕인 어린 조카를 꼬여 주공을 죽이려 했다.

아내가 마침 밥을 푸고 있었다. 홍부는 매 맞은 것은 제쳐 두고 여러 날 굶은 창자에 밥 냄새를 맡고는 오장이 뒤집힌다.

"애고 형수씨, 밥 한 술만 주셔서 이 동생 좀 살려 주시오."

사정하며 부엌으로 뛰어 들어가는데, 이년이 또한 몹쓸 년이다.

"남녀 구분이 엄연한데 어디를 들어오노?"

와락 돌아서서 쏘아붙이며 밥 푸던 주걱으로 홍부의 마른 뺨을 지끈 때린다. 홍부가 뺨을 한 번 맞자 두 눈에 불이 화끈하며 정신이 어찔하다. 겨우 정신을 가다듬고 뺨을 슬며시 만져 보니 밥알이 볼따구니에 붙었다. 홍부가 그것을 입으로 훔쳐 넣으며 너스레를 떤다.

"아주머님은 뺨을 쳐도 먹여 가며 치시니 참 고맙소. 수고스럽지만 이 뺨마저 쳐 주시오. 이왕이면 밥 좀 많이 붙은 주걱으로 쳐 주시면 그 밥 갖다가 아이들 구경이나 시키겠소."

이 몹쓸 년이 밥주걱은 내려놓고 부지깽이로 홍부를 흠씬 때린다. 홍부는 아프단 말도 못하고 하릴없이 통곡하며 돌아오는데 천지가 아득하였다.

홍부 아내는 우는 아이에게 젖 물리고 큰아이 달래는데, 그 모습이 참으로 불쌍하다. 한 손을 왱왱 물레 돌리듯 돌리며 아기를 어른다.

"아가 아가 울지 마라. 어제저녁 김 동지 집 보리방아 찧어 주고 쌀 한 되 얻어다가 너희만 끓여 주고 네 아버지와 나는 지금까지 아무것도 못 먹었다. 너희 아버지가 건너편 큰아버님 집에 가셨으니 돈이든 쌀이든 하나라도 얻어 오면 밥도 짓고 국도 끓여 너도 먹고 나도 먹자. 울지 마라 울지 마라. 아가 아가 울지 마라."

아무리 달래어도 악에 받쳐 우는 자식 무엇을 먹여서 그치게 하랴. 눈 위에 손을 얹고 바라보며 두 눈이 뚫어질 듯이 홍부 오기만 기다린다.

깃만 남은 헌 저고리와 다 떨어진 누비바지에 앞만 남은 몽당치마를 떨쳐

입고 목만 남은 헌 버선에 뒤축 없는 짚신을 끌고 문밖에서 서성서성 어린아이 달래면서 흥부 오기를 기다린다. 칠 년 가뭄*에 큰비 오기를 기다리듯, 구 년간의 긴 장마*에 햇볕 나기 기다리듯, 제갈공명 칠성단*에 기도하며 동남풍을 기다리듯, 강태공*이 위수에서 낚시하며 주나라 문왕 만나길 기다리듯, 끊임없는 전란 중에 훌륭한 장수 믿듯, 어린아이 굿판에 간 어미 오기 기다리듯, 빈방 홀로 지키며 정든 님 기다리듯, 서너 끼 굶은 자식들 흥부 오기만 기다린다.

"어제는 날이 잘도 가더니 오늘은 어찌 이리 더디 가노. 무정한 세월 흐르는 물 같단 말도 오늘 보니 헛말이다."

한창 이리 기다리는데 흥부가 매에 취하여 비틀비틀 걸어온다. 그것을 보고 흥부 아내 마주 나가며 반긴다.

"아기 아버지, 다녀오세요? 형제가 좋기는 좋은가 보네. 큰댁에 가더니 술에 잔뜩 취해 오시는구려. 어서어서 들어가세요. 쌀이거든 밥을 짓고 돈이거든 저 건너 김 동지 집에 가서 한 끼라도 늘려 먹을 것으로 바꾸어 옵시다."

흥부가 그 말을 들으니 기가 딱 막힌다.

"자네 말은 풍년일세."

하지만 흥부는 본디 형제 우애가 극진한 사람이다. 차마 형이 한 짓을 바른대로 말하지 못하고 좋은 말로 둘러댄다.

"여보 마누라, 큰댁에 가니 형님과 형수씨가 나오며 손을 잡고 '이제야 오

* 칠 년 가뭄 | 중국 고대 은나라 탕(湯) 임금 때 칠 년 동안이나 가뭄이 계속되어 천하가 곤궁했다.
* 구 년간의 긴 장마 | 중국 고대 요(堯) 임금 때는 구 년 동안이나 계속 비가 내려 사람들이 몹시 걱정하였다.
* 칠성단(七星壇) | 북두칠성에게 기도하는 단. 중국 삼국시대 적벽강에서 촉(蜀)과 오(吳)의 연합군이 조조의 위(魏)나라 군사와 싸울 때 제갈공명이 칠성단을 쌓고 칠 일 동안 기도하여 동남풍을 일으켰다.
* 강태공(姜太公) | 중국 고대 주(周)나라 때 사람. 날마다 위수(渭水)에서 낚시를 하며 훌륭한 임금 만나기를 기다렸다. 결국 주나라 문왕(文王)을 만났고, 문왕과 그 아들 무왕을 도와 큰 공을 세웠다.

느냐 며 안으로 데리고 들어가서 좋은 술도 주고 더운 점심 지어 주십디다. 많이 먹으라고 권하시고 그사이 어린것들 데리고 얼마나 고생을 하였으며, 굶지나 않았느냐 하시며 몹시 위로하셨다오. 형님께서는 돈 닷 냥 쌀 서 말을 주시고 형수씨는 돈 석 냥 팥 두 말을 주시며 어서 건너가서 밥 지어 어린것들 살리라 하십디다. 하인 불러 지워 가라 하시기에 하인은 그만두라 하고 내가 짊어지고 큰댁을 나섰다오. 그런데 큰 고개를 넘어오다가 도적놈을 만나 다 뺏기고 빈손으로 왔다오."

흥부가 이 말을 하는데, 눈에서 눈물이 비 오듯 한다. 흥부 아내는 시형님 부부의 마음을 짐작할 만하다.

"그만두세요, 알겠어요. 형님 속도 내가 알고 아주버님 속도 내가 알아요. 돈 닷 냥 쌀 서 말이 무슨 말이에요? 내게 무슨 그런 말을 다 하세요?"

그러면서 남편을 보니 얼굴에 핏자국이 선명하다. 얼굴이 퉁퉁 붓고 온몸을 만져 보니 성한 곳이 한 군데도 없다. 흥부 아내는 기가 막혀서 땅에 펄썩 주저앉으며 원망한다.

"애고, 이게 웬일인가. 가기 싫다는 가장 내 말이 어려워서 가시더니 저 모양이 웬일이오. 팔자 그른 이 몹쓸 년 가장 하나 못 섬기고 이런 꼴을 당하게 하니 잠시인들 살아서 무엇하리. 모질고 독한 양반, 산더미같이 쌓인 곡식 누구를 주려고 아껴서 저리 몹시 때린단 말인고."

그러나 흥부는 끝까지 형을 원망하지 않고 말을 돌린다.

"여보 마누라 슬퍼 마소. 가난 구제는 나라에서도 못한다는데 형님인들 어찌시나. 우리 부부 품이나 팔아서 살아가세."

흥부 아내가 순순히 그 말을 따르며 함께 나서서 품을 판다.

곡식 껍질 벗겨 방아 찧기, 술집에 가서 술 거르기, 초상난 집 상복 짓기, 제사 든 집 그릇 닦기, 굿하는 집 떡 만들기, 시궁창 근처 오줌 치기, 이른 봄

얼음 풀리면 나물 캐기, 봄보리 갈아 보리 놓기 닥치는 대로 품을 판다.

  흥부는 흥부대로 온갖 궂은일을 마다하지 않고 품을 팔러 다닌다. 이월이면 바람 맞으며 가래질*하기, 삼사월에 부침질*하기, 남의 집 무논 갈기, 이 집 저 집 이엉 엮기, 궂은날에는 멍석 맺기, 시장 가에 나무 베기, 곡식 장사 짐 져 주기, 품삯 받고 먼 길 심부름 가기, 술밥 먹고 말 등에 짐 싣기, 닷 푼 받고 말발굽에 편자* 박기, 두 푼 받고 똥재 치기, 한 푼 받고 빗자루 매기, 이른 아침 남의 집 마당 쓸기, 이웃집 물 긷기, 전주 감영 돈짐 지기, 대구 감영 태전 지기, 집에 들어오면 아이 만들기, 온갖 일을 다 하여도 굶기를 밥 먹듯하여 살아갈 길이 아득하다.

* 가래질 | 논이나 밭에 씨를 뿌리기 전에 땅을 파 엎는 일.
* 부침질 | 논밭을 손질하여 농사를 짓는 일.
* 편자 | 말의 발이 상하지 않도록 말발굽에 대어 붙이는 쇳조각.

매품 팔아 돈 구경 하렷더니

하루는 생각다 못해 읍내에 들어가서 환곡*이나 한 섬 얻어먹을 작정을 했다.

"여보 마누라, 읍내 잠깐 다녀오리다."

환곡 얻을 일은 혼자만 생각하고 나름대로 매무새를 갖추고 길을 나선다.

헝클어진 머리에 헌 망건을 눌러쓰고, 울근불근 살이 보이는 다 떨어진 바지저고리에 헌 행전을 무릎 밑에 높이 치고, 테두리만 남은 헌 갓에 대갓끈 달아 쓰고, 노닥노닥 기운 중치막을 겉치레로 떨쳐입고, 한 뼘 길이 곰방대(짧은 담뱃대)를 손에 쥐고 어슥비슥 갈지자로 걸어서 읍내로 들어갔다.

길청(고을 아전들이 일을 보던 곳)을 찾아가니 이방이 마루 위에 높직이 앉아 있다. 흥부가 마루 위로 간신히 올라서며 죽어도 반말로 인사를 한다.

"이방, 참 내가 왔네. 요사이 고을에 탈이나 없으며 원님께서도 안녕하신가. 내가 삼십 리를 걸어왔더니 허리가 뻣뻣하여 우선 앉겠네."

인사를 건네며 곰방대에 담배를 담아 먹으려 하는데 이방이 묻는다.

"연 생원, 무슨 일로 들어왔소?"

"환곡이나 좀 얻어먹을까 해서 왔는데, 어떻게 좀 주겠는가?"

"가난한 사람이 막중한 나라 곡식을 어쩌려고 달라고 할까? 그런 생각 말고 연 생원, 매는 더러 맞아 보았소?"

흥부가 이 말 듣고 겁을 내어 사정한다.

---

* 환곡(還穀) | 식량이 부족한 봄에 백성에게 빌려 주고 가을에 이자를 붙여 받아들이던 곡식.

"매는 무슨 매를 맞아? 그런 말은 말고 환곡이나 좀 얻어 주면 어린 자식들을 살리겠구먼."

"환곡을 얻지 말고 매를 맞으시오. 이 고을 김 부자를 어느 놈이 감영에 모함하여 김 부자를 잡아 올리라는 공문이 왔소. 그런데 김 부자는 마침 병이 나서 갈 수가 없고 친척도 아무도 없어 다른 사람을 대신 보내려고 나에게 의논을 합디다. 연 생원이 김 부자 대신 감영에 가서 매를 맞으면 그 삯으로 돈 서른 냥을 줄 것이오. 그 서른 냥은 여기서 어음을 써 줄 테니 감영에 가서 매를 대신 맞고 오는 것이 어떻겠소?"

흥부는 돈 준다는 말에 귀가 번쩍하여 매 맞기 어려운 건 생각지도 않고 덥석 묻는다.

"여보 매는 몇 대나 맞으면 되겠소?"

"한 서른 대 될 터이지."

"매 서른 대를 맞으면 돈 서른 냥을 모두 날 주나?"

"아무렴 그렇지. 매 한 대에 한 냥씩이지."

흥부가 이 말을 듣고 좋아라고 다짐한다.

"여보, 이 일을 소문 내지 마시오. 우리 동네 꾀쇠 아비가 알면 가는 사람 발등을 밟아 딛고서라도 먼저 가려고 할 것이니, 소문 내지 마시오."

이방이 돈 닷 냥을 먼저 주고 감영에 가는 보고장을 흥부에게 주며 이른다.

"어서 다녀오시오. 내 편지 한 장 갖다가 감영 사령(각 관아의 심부름꾼)에게 주면 혹시 매를 쳐도 덜 아프게 살살 칠 것이오. 또 김 부자가 뒤로 사령들에게 돈 백 냥쯤 보내서 부탁해 둘 것이니 염려 말고 어서 가시오."

흥부가 어찌나 좋던지 반말하던 사람이 별안간에 깍듯한 존댓말로 인사를 한다.

"여보, 이방님 다녀오리다."

굽실굽실 인사하고 헤어져서 우선 노자로 받은 닷 냥을 둘러차고 집으로 돌아오며 노래를 하는데 돈타령을 한다.

멀찍이 떨어진 데서부터 마누라를 부르며 의기양양 외친다.

"여보 마누라, 돌아보아라. 옛날에 이선*이는 금돈 쓰고 한나라 관운장은 위나라에 가셨을 제 상마에 천금이요, 하마에 백금을 말로 되어 드렸지. 나 같은 소장부는 읍내 한 번 꿈쩍하면 돈 서른 냥이 우수수 쏟아진다. 마누라야, 거적문 열어라."

흥부 아내가 좋아라고 달려 나오며 반긴다.

"돈이라니, 이게 웬 말이오. 일수* 돈을 얻어 왔어요, 월수 파변*을 얻어 왔어요, 오 푼 달변* 얻어 왔어요?"

흥부가 으스대며 말한다.

"아니로세. 이자 나가는 일수 월수는 왜 얻겠나?"

"그러면 길에서 주워 왔어요?"

"이 돈은 횡재나 다름없는 돈일세."

"그러면 길에서 주운 게 분명하네요. 잃은 사람이 원통하지 않겠어요? 여보, 아이 아버지, 돈 주운 길가에 얼른 갖다 놓고 돈 임자가 와서 찾거든 돌려줍시다. 그 사람이 고맙다고 한 냥을 주든지 두 냥을 주든지 하면 그것은 정말 떳떳한 일이니 어서 가서 찾아 주세요."

"마누라 말을 들으니 본받을 말이로세. 내 말을 들어 보소. 이 돈은 길에

---

* 이선(李仙) | 『숙향전』에 나오는 남자 주인공. 술집에 황금을 싣고 가서 술을 마셨다.
* 일수 | 돈을 빌리고 일정한 기간 동안 날마다 원금과 이자를 갚는 빚.
* 월수 파변 | 돈을 빌리고 일정한 기간 동안 한 달에 한 번씩 원금과 이자를 갚는 빚. 파변은 오일마다 한 번씩 서는 장날에 원금과 이자를 갚는 방법.
* 오 푼 달변 | 달변은 돈을 빌리고 한 달에 한 번씩 이자를 갚는 것. 오 푼은 백분의 오, 즉 오 퍼센트를 말하는데, 『흥부전』이 소설로 정착되던 19세기 말경의 일반적인 이자가 한 달에 오 퍼센트나 되었음을 짐작하게 한다.

서 주운 돈도 아니요, 누가 나를 거저 준 돈도 아니라네. 읍내에 들어갔더니 이 고을 김 부자를 어떤 놈이 얽어서 감영에 모함을 하였다네. 그런데 마침 김 부자가 병이 나서 누구든지 대신 가서 볼기 서른 대만 맞고 오면 돈 서른 냥에 닷 냥을 노자로 준다니 이게 횡재가 아니고 뭐겠나. 감영에 가서 눈 깜짝하고 볼기 서른 대만 맞으면 돈 서른 냥이 생기니 이게 횡재 아닌가."

흥부 아내가 듣고 깜짝 놀라서 말린다.

"여보시오, 아이 아버지, 매품이라니 이게 무슨 말이에요. 남의 죄를 어찌 알고 대신 매를 맞겠다니 이게 무슨 말이에요? 살인죄를 지었는지 강도죄를 지었는지 사기죄를 지었는지 남의 죄를 어찌 알고 대신 매를 맞겠다고 하세요? 만일 감영에 올라갔다가 여러 날 굶은 몸에 감영 곤장 맞게 되면 몇 대 안 맞아서 죽을 터이니 어서 가서 못 가겠다고 하세요. 마오 마오 가지 마오. 만일에 가려거든 나를 죽여서 묻고 가세요. 나 죽어서 모르면 가겠지만 살려 두고는 못 가리다. 가지 마오., 마오 마오, 내 말대로 가지 마오. 만일 갔다가 매 맞아 죽게 되면 뭇 초상이 날 것이니 부디 내 말 건성으로 듣지 마세요."

이렇게 간절히 말리니 흥부가 그 말이 옳다는 생각은 하면서도 못내 돈 서른 냥이 눈에 어른어른한다. 볼기 몇 대만 맞으면 그 돈 서른 냥을 공돈같이 쓸 생각에 아내를 달랜다.

"여보 마누라, 내 볼기 내력을 들어 보오. 이놈이 과거에 장원급제하여 초헌* 위에 앉아 보며, 다섯 영문*의 대장 되어 좌마* 위에 앉아 보겠소? 아니면 팔도 감사가 되어 선화당*에 앉아 보며, 고을 수령 되어 동헌*에 앉아 보

---

* 초헌(軺軒) | 높은 벼슬아치가 타던 가마.
* 영문(營門) | 조선시대의 군사 기관. 다섯 영문은 훈련도감, 금위영, 어영청, 수어청, 총융청으로 서울과 왕궁을 수비한다.
* 좌마(坐馬) | 대장이 타는 말.
* 선화당(宣化堂) | 관찰사가 일을 보던 관청.
* 동헌(東軒) | 각 고을 수령이 일을 보던 관청.

삼십오

며, 이 고을 좌수* 되어 향청鄕廳 마루에 앉아 보며, 이 고을 이방 되어 길청에 앉아 보며, 동네 좌상* 되어 동리 상좌에 앉아 보겠소? 쓸데없는 이 볼기짝으로 감영에 올라가서 곤장 서른 대만 맞으면 돈 서른 냥이 생길 게 아니오? 그러면 열 냥은 고기 사서 매 맞은 뒤 몸조리하고, 열 냥은 쌀을 사서 집안 식구 배불리 먹고, 열 냥은 소를 사서 스물넉 달 어울이* 주었다가 그 소 팔아 맏아들 장가들이세. 그놈이 아들 낳으면 우리에게는 손자 되니 경사가 아니겠나?"

흥부 아내가 생각하니 말은 맞지만 아무리 생각해도 할 일이 아니므로 한사코 말린다. 흥부도 더 우길 수가 없어서 감영에 갈 마음은 저 혼자 속으로만 감추고 겉으로는 안 그런 척한다.

"그리하소. 아니 가겠소. 짚신이나 삼아 신게 저 건너 김 동지 집에 가서 짚 한 단 얻어 오겠네."

이렇게 속이고 감영으로 올라간다.

삯말*이라도 빌려서 타고 가는 것이 아니라 돈 서른 냥을 한꺼번에 받아 쓸 작정으로 걸어간다. 하루에 백칠십 리씩 걸어서 며칠 만에 감영에 다다랐다.

---

* 좌수(座首) | 조선시대 각 지방에 설치한 향청(鄕廳)의 우두머리. 이들이 고을의 이방과 병방을 맡았다.
* 좌상(座上) | 동네의 최고 어른.
* 어울이 | 남의 가축을 맡아 길러서 새끼를 낳으면 주인과 나누는 일.
* 삯말 | 돈을 주고 빌려 타는 말.

매 맞기도 복에 없어

흥부는 세상에 태어나서 감영 구경이 처음이다. 어디가 어디인지 알지 못하고 감영 문 앞에서 어정어정 두리번거리는데 때마침 사령 하나가 군복을 갖추어 입고 오락가락한다. 흥부가 바라보다가 허허 웃으며 아는 체를 한다.

"허허, 그 사람은 털갓 뒤에다 붉은 꽁지를 달고 다니네."

삼문 앞으로 들어가니 수많은 군노* 사령이 여기 있고 저기 있어, 방울이 떨렁하며 길게 대답하는 소리는 푸른 하늘로 잦아든다. 흥부는 마음이 으슬으슬해지며 슬그머니 걱정이 앞선다.

"아무래도 내가 저승엘 왔나 보다. 아무리 생각해도 살아서 돌아가긴 틀렸다. 마누라 말이 옳은 것을 고집하고 왔더니……."

한참 이리 후회하고 있는데 방울이 "떨렁" 하며 길게 대답하는 소리가 "예이" 하고 울려 퍼진다. 흥부가 엉겁결에 갓 벗고 상투를 내밀며 군노 앞으로 다가들어 소리친다.

"여보시오. 나 먼저 들어가게 하여 주시오."

"웬 양반인지 미쳤소? 저리 가오."

"여보시오, 사람을 놀리지 말고 어서 잡아들이시오."

"댁은 누구인데 어찌해서 여기 왔소?"

"나는 우리 고을 김 부자 대신 매 맞으러 온 사람이올시다."

* 군노(軍奴) | 각 군문에서 심부름하는 사람.

"그러면 댁이 보덕촌 사는 연 생원이오?"
"예, 그러하오이다."
그 중의 우두머리 사령이 아래 사령에게 지시한다.
"여보게, 저 양반이 김 부자 대신으로 왔으니 우선 아랫방에 들어가 있게 하게나. 만일 죄를 물어서 매를 때려도 아무쪼록 슬슬 치게. 우리 청에 편지와 돈 백 냥이 왔네."
사령들이 흥부를 위로하는데 마침 방울 소리가 나며 무슨 행차가 삼문을 잡고 들어오더니 이윽고 영이 내렸다.
"이번에 나라에 큰 경사가 있어 각 도 각 읍의 죄인 중에서 살인죄인 이외에는 모두 풀어 주랍신다."
우두머리 사령이 나와서 흥부에게 전한다.
"연 생원, 일이 잘되었소."
흥부가 다가들며 묻는다.
"여보, 매를 맞게 되었소?"
"모든 죄인을 다 풀어 주라고 하시니 어서 집으로 가시오."
흥부는 몹시 실망하여 하소연한다.
"여보시오, 나는 매를 맞아야만 살 수가 있소. 매 하나에 한 냥씩 받기로 약속하고 왔는데 그냥 가면 낭패요."
"여보, 연 생원. 이번에 김 부자 일로 여기까지 왔는데 만일 매 안 맞았다고 돈을 안 주거든 곧장 감영으로 오시오. 우리가 어떻게 해서든 한 백 냥은 받아 줄 터이니 걱정 말고 어서 가시오."
흥부는 하는 수 없이 그냥 돌아왔다. 향청 근처를 지나다가 환곡을 갚지 못한 사람들을 잡아다가 매질하는 것을 보고 중얼거린다.
"거기는 매 풍년이 들었다마는……."

힘없이 신세 한탄을 하고 노자에서 남은 돈 한 냥으로 떡을 사서 짊어지고 집을 향해 돌아갔다.

이때 흥부 아내는 남편이 감영에 간 걸 뒤늦게 알고 후원에 단을 모으고 정화수를 길어다 단 위에 올려놓고 정성껏 빌고 있었다.

"비나이다, 을축생* 연씨 대주* 남의 죄를 대신하여 매 맞으러 갔사오니, 하느님의 돌보심으로 무사히 다녀오기를 두 손 모아 비나이다."

정성을 드린 후에 방으로 돌아와서 어린 자식 젖 물리고 혼자 앉아 울며 한탄한다.

"원수 같은 가난 때문에 하늘 같은 우리 가장 매품이 웬 말인고. 불쌍하신 우리 가장, 감영 곤장 맞았으면 돌아올 날 없으리라. 볼기를 몹시 맞고 매 맞은 독이 올라서 누웠는가, 죄 하나에 볼기 하나 수없이 매를 맞고 힘이 다 빠져 죽었는가, 소식 몰라 안타깝네."

이렇게 울고 있는데 흥부가 집으로 돌아오니 흥부 아내 몹시도 반긴다.

"아이 아버지, 다녀오시오? 죄가 없어 무사히 풀려났나, 태장 맞고 돌아오나, 형장을 맞고 돌아오나. 맞은 상처가 어떠세요?"

흥부가 매 한 대 못 맞고 헛걸음만 하고 오는 것이 화가 나서 마누라에게 버럭 역정을 낸다.

"나에게 매 맞은 상처를 묻느니 네 친정 할아비에게 물어라. 매 한 대 못 맞고 오는 사람더러, 이년아 장처니 상처니 그게 다 무엇이니?"

흥부 아내는 무사히 돌아왔단 말에 욕을 듣고도 그저 좋기만 하다.

"좋다 좋다. 지화자 좋을시고. 매 맞으러 갔던 낭군 매 안 맞고 돌아오니

---

* 을축생 | 을축년에 태어난 사람. 옛날에는 해, 달, 날을 모두 갑자, 을축, 병인…… 식으로 육십 갑자의 순서대로 헤아렸다.
* 대주 | 한 집안의 가장을 일컫는 말.

이런 경사가 또 있는가. 매 맞으러 감영 갈 제 그 날부터 후원에 단을 모으고 하느님께 빌었더니 하느님 덕택으로 무사히 돌아오니 반갑기 그지없네. 못 먹고 주린 가장 감영의 매를 맞았으면 속절없이 죽을 것을 그저 오니 좋을시고."

흥부는 마누라 좋아하는 꼴을 보니 기가 막힐 뿐이다. 기쁜 마음은 조금도 없고 신세 생각이며 어린 자식들 살릴 생각을 하니 슬픔이 북받친다. 자기도 모르게 눈물이 비 오듯 하고 통곡이 터져 나와 두 손으로 가슴을 쾅쾅 두드리며 운다. 흥부 아내도 그 모양을 보고는 기뻐하던 마음은 어디로 가고 슬픔이 다시 치받쳐서 남편을 따라 울며 위로한다.

"울지 마오, 울지 마오. 공자 제자 안자는 가난하게 살면서도 도를 지키며 즐거워하였고, 부암에서 담 쌓는 인부로 고생하던 부열*이는 어진 임금 만나 부귀영화를 누렸고, 신야의 들판에서 밭 갈던 이윤*이도 성탕 같은 훌륭한 임금 만나 귀하게 되었고, 병법의 신선이라는 한나라의 한신*이는 젊을 적에 몹시도 고생했지만 한고조를 만나 으뜸 장수 되었으니, 세상일을 어찌 미리 알 수 있겠어요? 부지런히 노력하는 사람은 하늘도 끝내 가난하게 만들지 못한다고 하였어요. 우리도 마음만 옳게 먹고 부지런히 애쓰면 좋은 때를 만날지 어찌 알겠어요?"

흥부도 그 말을 옳게 여겨 그저 신세 한탄만 할 뿐이다. 그때 마침 김 부자의 조카가 지나다가 흥부 왔단 말을 듣고 들어와서 묻는다.

"자네가 굶주린 사람이 감영에 가서 그 매를 맞고 어찌 다녀왔나?"

흥부가 돈 받아먹을 생각에 맞았다고 할까 하다가 마음이 본디 정직한 사람이라 사실대로 말한다.

"맞았으면 해롭지 아니할 것을 맞지를 못하였다네."

김씨가 그 말을 자세히 듣고 흥부를 칭찬한다.

"자네가 마음은 착한 사람일세. 나도 어디서 들었네. 무사히 오고야 돈 달랄 수가 있는가? 내게 마침 돈이 일고여덟 냥 있으니 이 돈으로 쌀말이나 사다 먹소."

흥부가 그 사람 가는 것을 보고 혼잣말로 중얼거린다.

"내가 매 한 대 아니 맞고 남의 돈을 그저 먹으니 염치는 없지만 열흘 굶어 군자 없다고 어쩔 수 있나?"

그 돈으로 당장 급한 대로 쌀 사고 반찬 사서 며칠 살았으나 굶기는 여전히 마찬가지다. 이 궁리 저 궁리 하다가 짚신 장사나 해볼 생각으로 아내에게 말한다.

"여보 마누라, 저 건너 김 동지 집에 가서 짚 한 뭇만 얻어 오소. 논밭이 없으니 농사도 못 짓고 밑천이 없어서 장사도 못하고 짚신 장사나 하여 보겠네."

그러나 흥부 아내는 망설인다.

"아쉬울 때마다 가끔가끔 얻어 왔는데 또 어떻게 달라고 해요. 나는 염치가 없어서 더는 말 못하겠어요."

흥부가 그 말에 화를 낸다.

"그만두소. 내가 가지."

그 길로 가서 김 동지를 찾으니 김 동지가 나오며 묻는다.

---

* 부열(傅說) | 중국 고대 은(殷)나라 때 정치를 잘했던 훌륭한 재상. 부암(傅岩)이라는 곳에서 담 쌓는 인부로 일했는데 은나라 고종(高宗)이 그의 능력을 알아보고 발탁하여 재상으로 삼았다.
* 이윤(伊尹) | 중국 고대 상(商)나라 때 정치를 잘했던 훌륭한 재상. 처음에는 미천한 신분으로 신야(莘野)라는 들판에서 농사를 지으며 살았으나 탕 임금이 그의 능력을 알아보고 발탁하여 재상이 되었다.
* 한신(韓信) | 중국 한(漢)나라의 뛰어난 장수. 젊을 때는 몹시 가난하여 빨래하는 여인에게 밥을 얻어먹기도 하고, 동네 아이들의 바짓가랑이 밑으로 기어 들어가는 수모를 당하기도 하였으나 뒤에 한나라를 세운 유방(劉邦)의 장수가 되어 항우를 물리치고 한나라가 천하를 통일하는 데 큰 공을 세웠다. 병법에 뛰어나서 병선(兵仙, 병법의 신선)이라는 별명을 얻었다.

"자네 무슨 일로 왔나?"

"온 식구대로 굶어서 살 수가 없기에 짚신이나 삼아 팔까 하여 짚 한 뭇 얻으러 왔나이다."

"자네 참 불쌍도 하이. 형은 부자인데 자네는 저리도 가난하니 참 가련하기도 하지."

김 동지가 흥부를 동정하며 뒤뜰로 돌아가 올벼 짚동 풀어 놓고 한 뭇 두 뭇 짝을 맞추어 내어 준다. 흥부는 수없이 절한 다음 짚을 걸머지고 건너와서 짚신 한 죽 삼아 지고 장에 가서 팔아 겨우 서 돈을 받았다. 그 돈으로 쌀 사고 반찬 사서 어린 자식 데리고 한 끼는 살았지만 짚인들 번번이 얻을 염치가 없다. 흥부가 탄식하고 어린 자식들 어루만지며 통곡하니 흥부 아내도 기가 막혀 또한 울며 신세 한탄을 한다.

"가난하고 의지할 데 없는 이내 신세, 금 같고 옥같이 귀한 자식 헐벗기고 굶주리니 불쌍하기 짝이 없다. 세상에 굶주린 사람 그 누가 구원하며, 메마른 웅덩이에서 죽어가는 물고기를 물 한 말로 살릴 수 있으랴. 세상에 가난보다 답답한 일이 또 있을까. 팔다리를 다 끊기니 척부인*의 설움이요, 장신궁에 꽃이 피니 반첩여*의 설움이요, 소상강 반죽 되니 아황 여영* 설움이요, 마외역 저문 날에 양귀비* 설움이요, 낙양 옥중 고생하던 숙낭자*의 설움이요, 이런 고생 저런 설움 이 고생보다 더할쏘냐."

땅을 치며 우는 모습이 차마 눈 뜨고 보기 어렵다. 흥부가 울다가 자기 아내 우는 모습을 보고는 눈물을 거두고 위로한다.

"옛말에도 삼대 가는 부자 없고 가난도 삼대를 계속되지 않는다 했으니 설마 삼대까지 가난할까. 마음만 옳게 먹고 나쁜 짓을 아니하면 하늘이 살피고 귀신이 도와서 굶어 죽지는 않을 것이오. 울지 말고 서러워 마소."

제비 다리 고쳐 주고

  이렇게 서로 위로하며 그럭저럭 지내는 동안 그 달 저 달 다 보내고 삼월이 되어 따뜻한 봄날이 돌아왔다. 흥부가 그래도 글공부는 약간 했던 사람이라 수숫대로 지은 집에 봄맞이 글귀를 써 붙인다.

  겨울 동冬 가을 추秋 자는 천지간에 좋을 호好 자, 봄 춘春 자 올 래來 자는 우거진 숲 속 날 비飛 자요, 우는 것은 짐승 수獸 자, 나는 것은 새 조鳥 자요, 푸른 하늘 훨훨 나는 소리개 연鳶 자요, 오색이 찬란하다 꿩 치雉 자, 달 밝은 깊은 밤에 슬피 우는 두견 성聲 자, 짝지어 오고가는 제비 연燕 자, 인간 만물 찾을 심尋 자, 이 집 저 집 들 입入 자.

  해와 달도 졌다가는 다시 뜨고 음과 양의 운행도 때맞추어 차고 기우는데, 하물며 사람에게 반가운 소식이 없을 수 없다. 삼월 삼일이 되니 소상강

---

* 척부인(戚夫人) | 한나라를 세운 고조 유방에게 사랑을 받은 후궁. 그러나 고조의 본부인 여태후(呂太后)에게 미움을 받아서 고조가 죽은 뒤 팔다리가 모두 잘린 채 화장실에 버려졌다.
* 반첩여(班倢伃) | 중국 한나라 때의 궁녀. 처음에 당시의 황제인 성제(成帝)의 사랑을 받았으나 조비연(趙飛燕)에게 황제의 사랑을 뺏기고 장신궁에서 쓸쓸하게 살았다.
* 아황 여영(娥皇女英) | 중국 고대 요(堯) 임금의 두 딸로 나란히 순(舜) 임금에게 시집갔다. 어진 부인들로 순 임금을 잘 내조했는데, 순 임금이 남쪽 지방을 순시하다가 돌아오지 못하고 죽자, 그곳으로 달려가다가 소상강가에서 더 가지 못하고 슬피 울다가 죽었다. 그때 두 비의 눈물이 대나무에 떨어져 얼룩이 져서 반죽(斑竹)이 되었다고 한다. 지금도 소상강가에는 검은 점이 있는 대나무가 자란다고 한다.
* 양귀비(楊貴妃) | 중국 당(唐)나라 현종이 사랑했던 후궁. 현종은 양귀비에게 빠져 정사를 돌보지 않다가 안녹산(安祿山)의 난이 일어났다. 현종은 낙양을 버리고 촉(蜀)으로 피난을 가게 되었는데, 안녹산은 원래 양귀비가 양자로 삼은 사람이므로 황제를 모시고 가던 군사들이 양귀비를 원망하자 어쩔 수 없이 마외파(馬嵬坡)라는 곳에서 양귀비의 목을 베었다. 여기서 마외역은 마외파를 말한다.
* 숙낭자(淑娘子) | 『숙향전』의 여자 주인공. 숙향은 전란중에 부모를 잃고 구걸을 하며 떠돌아다니다가 이선(李仙)을 만나 결혼하였는데, 이 사실이 발각되어 낙양 감옥에 갇혔다.

으로 돌아가는 기러기떼는 간다고 인사하고 강남서 나온 제비는 왔다고 소식 알린다. 그 중에 한 마리가 크고 번듯한 집을 다 버리고 이리저리 날아다니며 들락날락 한바탕 넘놀다가 흥부를 보고 좋아라고 지저귄다.

흥부가 제비를 보고 타이른다.

"크고 좋은 집이 많고 많은데 하필이면 수숫대로 지은 집에 와서 네 집을 지으려고 하느냐? 오뉴월 장마철에 집이 만일 무너지면 그런 낭패가 어디 있겠느냐? 아무리 짐승일망정 내 말을 귀담아듣고 좋은 집을 찾아가서 실팍하게 집을 짓고 새끼를 치려무나."

간곡히 타일렀지만 제비는 듣지 않고 흙을 물어다가 집을 지었다. 첫 새끼를 겨우 쳐서 날기 공부에 힘을 쓸 때 날아올랐다 날아내렸다 몹시도 사랑한다. 그런데 하루는 커다란 구렁이 한 놈이 별안간 달려들어 제비 새끼를 모조리 잡아먹었다. 흥부가 보고 깜짝 놀라 구렁이를 쫓아내며 나무란다.

"흉악하구나, 저 짐승아. 기름지고 맛있는 음식이 얼마든지 많은데 하필이면 아무 죄도 없는 제비 새끼를 모조리 잡아먹으려 하니 악착스럽구나. 불쌍하다 저 제비, 대성황제 낳아 계시고* 곡식을 먹지 않고 자라나서 인간에게 해를 끼치지 않고, 옛 주인 찾아오니 제 생각이 분명한데 제 새끼를 지키지 못하고 한꺼번에 다 죽이니 참으로 가련하다."

흉악한 저 짐승은 패공의 용천검에 붉은 피를 흘리며 죽어간 백제*의 영

---

* 대성황제 낳아 계시고 | 중국 전설에 간적(簡狄)이라는 여자가 제비의 알을 삼키고 임신하여 아들을 낳았는데, 그 아들의 후손이 은(殷)나라의 훌륭한 임금인 탕(湯) 임금이라고 한다.
* 백제(白帝) | 한(漢)나라를 세운 유방(劉邦)이 역산(嶧山)에서 커다란 흰 뱀을 칼로 베었는데, 꿈에 한 여인이 나타나서 자신은 백제로서 뱀으로 변신해 있었는데 유방이 자신을 죽였다고 하였다. 이때는 처음으로 중국을 통일한 진시황의 진(秦)나라가 혼란해져서 각지에서 영웅들이 들고 일어나 저마다 천하를 차지하겠다고 다투던 때였다. 그런데 진나라는 흰색을 숭상하여 백제사(白帝祠)라는 사당까지 만들어서 해마다 제사를 지냈다. 따라서 유방이 백제를 베었다는 것은 한나라가 진나라를 멸망시키고 중국을 통일할 것을 예고한 사건이라고 한다. 유방의 고향이 패(沛)라는 곳이므로 그를 패공(沛公)이라 부르며, 용천검은 유방이 차고 다니던 검의 이름이다.

혼인가, 길기도 길구나. 여주 지방 너른 들에 숙낭자에게 해를 끼치던 독사인가 머리도 흉악하다. 칼을 들어 그 짐승을 잡으려고 하는데 제비 새끼 한 마리가 공중에서 똑 떨어져 피를 흘리며 발발 떤다. 흥부가 이를 보고 펄쩍 뛰어 달려가 제비 새끼를 두 손으로 곱게 들고 안쓰러워하며 어른다.

"불쌍하다 저 제비야. 은나라 탕 임금 은혜가 넓고 커서 새와 짐승까지 다 사랑하여 빠짐없이 길러 내었는데, 뜻밖에 이런 화를 당하니 참으로 불쌍하구나."

부러진 두 다리를 칠산 조기 껍질로 찬찬 감고 아내를 부른다.

"여보 마누라, 당사실(중국산 명주실) 한 바람만 주소. 제비 다리 동여 주게."

흥부 아내가 시집올 때 가져온 당사실을 급히 찾아 내어 준다. 흥부가 선뜻 받아 제비 새끼 다친 다리를 곱게 곱게 감아 매어 바깥 시렁에 얹어 두었다. 하루 지내고 이틀 지내고 열흘쯤 되자 다친 다리가 완전히 아물어 들락날락 날아다니며 줄에 앉아 지지배배 지저귄다.

'지지위지지요 부지위부지 시지야*니라.'

우는 소리 들어 보니 '옛날에 여경*이는 옥중에 갇혔을 때 까치가 기쁨을 알리고 태사 위상*은 죄를 지었을 적에 참새가 울어 복직하였으니 내 아무리 하찮은 짐승이나 은혜 어찌 못 갚으랴.' 는 듯하다.

둥덩실 떠서 날아갈 제 소상강 기러기는 왔노라 인사하고 강남으로 가는 제비 가노라 작별한다. 강남까지 수천 리를 훨훨 날아가서 제비 왕께 돌아왔다고 아뢰니 제비 왕이 묻는다.

"너는 어찌하여 다리를 절며 들어오느냐?"

제비가 사실대로 여쭙는다.

"저의 부모가 조선에 나가 흥부 집에 깃들였습니다. 그런데 뜻밖에 구렁이에게 화를 입어 다리가 부러져 죽을 것을 주인 흥부가 구해 주어 살아왔습니다. 흥부의 가난을 벗어나게 하여 주시면 그 은혜를 만분의 일이라도 갚을까 하나이다."

제비 왕이 듣고 칭찬하며 이른다.

"차마 사람을 해치지 못하는 것이 성인의 본뜻이라 하더니 흥부는 과연 어진 사람이로다. 공이 있는 사람에게 반드시 보답하는 것이 군자의 도리라 하였다. 그 은혜를 안 갚아서야 되겠느냐. 내가 박씨 하나를 줄 것이니 네가 가지고 나가 은혜에 보답하라."

제비가 왕께 감사하고 물러나와 그렁저렁 그 해를 보내고 이듬해 삼월이 되었다. 모든 제비 떠나갈 때 저 제비도 높이 떠서 날아간다.

제비 왕께 하직하고 넓은 하늘에 높이 떠서 박씨를 입에 물고 너울너울 자주자주 날갯짓하며 바삐바삐 날아간다. 성도에 들어가서 미감부인* 모시던 별궁 터를 구경하고, 장판교*에 이르러 장비가 조조의 대군에게 호통하던 곳을 구경하고, 남병산* 날아올라 제갈공명 바람 빌던 칠성단을 바삐바삐 구경하고, 적벽강* 건너올 때 소동파 놀던 곳을 구경하고, 경화문에 올라

---

* 지지위지지(知之爲知之)요 부지위부지(不知爲不知) 시지야(是知也) | 『논어』의 한 구절로, '아는 것을 안다고 하고 모르는 것을 모른다고 하는 것, 이것이 정말 아는 것이다.' 라는 뜻이다. 여기서는 제비가 우짖는 소리를 묘사한 것이면서 동시에 제비가 '흥부의 착한 마음을 잘 알았으므로 반드시 은혜를 갚겠다.' 고 말한다는 두 가지 뜻을 지닌다.
* 여경 | 여경일(黎景逸)의 잘못인 듯하다. 여경일은 당나라 사람으로 산속에 살았는데, 집 근처에 까치가 둥지를 틀자 날마다 까치에게 모이를 주며 돌보았다. 뒤에 여경일이 도둑의 누명을 쓰고 감옥에 갇혔는데, 어느 날 까치가 날아와서 기쁜 듯이 지저귀었다. 그로부터 삼 일 후 여경일은 누명이 풀려 석방되었다.
* 태사 위상 | 고제(高帝) 때 태사 벼슬을 하던 위상(魏商)이 죄가 있다고 하여 감옥에 갇혔는데, 하루는 가시나무에 까치가 몰려와 날개를 펼치고 지저귀었다. 위상이 점을 치니 까치는 명을 전하는 상서로운 징조라 곧 복직될 것이라는 점괘가 나왔다. 그 후 과연 위상은 감옥에서 풀려나 태사로 복직하였다.
* 미감부인(麋甘夫人) | 삼국시대 촉(蜀)나라 유비(劉備)의 부인인 감부인과 미부인. 성도(成都)는 유비가 도읍한 곳으로 감부인과 미부인이 살던 곳이기도 하다.
* 장판교(長板橋) | 중국 호북성(湖北省)에 있는 땅 이름. 삼국시대에 유비가 조조의 대군에게 쫓길 때 장비가 이곳에서 혼자 조조의 대군과 맞서서 물리쳤다.
* 남병산(南屛山) | 중국 호북성 적벽강 근처에 있는 산 이름. 삼국시대 조조의 위나라 군사와 촉·오의 연합군이 적벽강에서 크게 싸울 때 제갈공명이 이 산에 칠성단을 쌓고 동남풍을 빌었다.
* 적벽강(赤壁江) | 『삼국지』에 나오는 적벽대전으로 유명한 곳. 송(宋)나라의 시인 소식(蘇軾)이 달밤에 이곳에 배를 띄우고 놀며 『적벽부』를 지었다. 동파(東坡)는 소식의 호.

앉아 지나 황실 구경하고, 공중에 높이 떠서 상해 항구의 번화한 모습 골고루 구경하고, 산동을 바삐 지나 등죽포 구경하고, 요동 칠백 리 봉황성 구경하고, 압록강 얼른 건너 의주 통군정* 구경하고, 백마산성*에 올라앉아 의주성 안을 굽어보고, 그 길로 평양 감영에 당도하여 모란봉 얼른 올라 보고, 대동강을 건너서 황해 병영 구경하고, 그 길로 훨훨 날아 송악산 빈 터를 구경한 후, 삼각산에 당도하니 명랑한 멧부리와 골짜기들 그림을 펼친 듯하다. 종각 위에 올라앉아 사방으로 뻗어 있는 각종 상점이며 오고 가는 행인들과 골목골목 풍경을 구경하고, 남산에 올라가서 잠두*를 구경하고, 당집* 위에 올라앉아 장안성 안 굽어보니, 즐비하게 늘어선 수많은 집이 보기에도 대단하다.

그 길로 남대문 밖으로 내달아 한강을 건너서 곧바로 충청 전라 경상 세도가 만나는 곳 흥부 집 동리를 찾아 너울너울 넘논다. 북해 흑룡이 여의주를 물고 오색구름 사이를 넘노는 듯, 단산*의 어린 봉이 대나무 열매를 물고 오동나무에서 노니는 듯, 황금 같은 꾀꼬리가 봄기운에 취하여 버들가지 사이를 넘놀 듯, 이리 기웃 저리 기웃 넘논다.

제비 모습을 흥부 아내가 먼저 보고 반기며 소리친다.

"여보 아이 아버지, 작년에 왔던 제비가 입에 무엇을 물고 와서 저리 넘노니 어서 나와 구경하세요."

흥부도 즉시 나와 보고 이상하게 생각하는데 제비가 머리 위로 날아들며 입에 물었던 것을 앞에다 떨어뜨렸다. 흥부가 집어 들고 아내에게 묻는다.

---

* 통군정(統軍亭) | 평안북도 의주 중국과의 국경지대에 있던 정자.
* 백마산성(白馬山城) | 평안북도 의주성 남쪽에 백마가 놀았다는 전설이 있어서 백마산성이라는 이름이 붙었다.
* 잠두(蠶頭) | 서울 남산의 다른 이름.
* 당집 | 서낭당이나 국사당같이 신을 위해 두는 집. 이곳에서 무당이 경을 읽거나 굿을 하기도 한다.
* 단산(丹山) | 상상의 산. 봉황은 이 산에 사는데, 오동나무에만 깃들이고 대나무 열매죽실(竹實)만 먹는다고 한다.

"여보 마누라, 작년에 다리를 고쳐 준 제비가 무엇을 물고 와서 던지네그려. 누른 것이 금인가 보네. 한데 무슨 금이 이다지도 가벼울까?"

흥부 아내도 한마디 아는 체한다.

"그 가운데가 누르스름한 것이 참말 금인가 보네요."

"금이 어찌 있을까? 옛날 초나라와 한나라가 천하를 서로 차지하려고 싸울 적에 꾀 많은 진평이가 범아부를 잡으려고 황금 사만 근을 흩었으니* 금이 어디 있겠나?"

"그러면 옥인가 봐요."

"옥도 없지. 옥은 곤륜산에서 난다는데 곤륜산에 불이 붙어 옥과 돌이 한꺼번에 다 타고 간신히 남은 옥을 장자방이 옥퉁소를 만들어 계명산 달 밝은 가을밤에 슬피 불어 강동 팔천 자제를 다 흩어 버렸으니* 이게 옥도 아니지."

"그러면 밤에도 빛이 나는 야광주인가 봐요."

"야광주도 세상에는 없어. 제나라 위왕이 위나라 혜왕의 십이 승 야광주*를 깨뜨렸으니 야광주도 없다네."

"그러면 유리 호박인가?"

"유리 호박은 더욱 없지. 주나라 세종이 재물을 탐내어 마구 거두어들일

---

* 초나라와~흩었으니 | 항우의 초나라와 유방의 한나라가 천하를 차지하려고 싸울 때 유방의 신하인 진평(陳平)이 황금 사만 근을 써서 첩자를 보내 초나라의 임금과 신하들을 이간했다. 이 때문에 항우의 가장 뛰어난 장군 범증(范增)은 항우의 의심을 받고 항우 곁을 떠나게 되었다. 아부(亞父)는 범증의 별명이다.
* 장자방이~버렸으니 | 장자방은 한나라를 세운 유방의 신하로 유방이 항우의 초나라를 이기고 천하를 차지하는 데 큰 공을 세웠다. 특히 항우와 유방의 마지막 싸움인 해하(垓下) 전투에서 한밤중 초나라 군대를 포위하고 그들의 고향 노래를 불러 군사들의 마음을 울적하게 만들어 싸울 의욕을 없앴다는 사면초가(四面楚歌)의 고사는 유명하다. 『서한연의(西漢演義)』에는 장자방이 신선에게 옥퉁소 부는 법을 배워서 이때 퉁소를 불어 초나라 군사들의 마음을 흔들리게 했다는 이야기가 나온다. 초나라 항우의 고향은 회수(淮水) 동쪽 즉 강동인데, 그가 처음 군사를 일으킬 때 고향 강동의 젊은이 팔천 명이 그를 따라 일어났다. 그러므로 항우의 군대를 가리켜 '강동 팔천 자제' 라고 한다.
* 십이 승 야광주 | 열두 대의 수레를 한꺼번에 비출 수 있을 만큼 큰 야광주. 전국시대 위(魏)나라 혜왕(惠王)이 제(齊)나라 위왕(威王)에게 자기 나라에는 열두 대의 수레를 한꺼번에 비출 수 있는 야광주가 십여 개나 있다고 자랑하였는데, 위왕은 '우리나라에는 그런 보물은 없지만 국경을 튼튼히 지켜서 다른 나라가 침범하지 못하게 할 보배 같은 장수가 있다.' 고 대답하였다.

때에 당나라 장갈張褐이가 유리 호박을 모아 술잔을 만들었으니* 유리 호박이 어디 있겠나."

"그러면 쇤가 봐요."

"쇠도 이제는 없어. 진시황이 위엄으로 천하의 무기를 거두어서 그 쇠로 사람 열둘을 만들었으니 쇠도 씨가 말랐지."

"그러하면 대모 산호인가 봐요."

"대모는 병풍이요 산호는 난간이라. 남해 용왕 광리왕廣利王이 수정궁을 지을 때에 물속의 보물을 다 들였으니 대모 산호도 아니로세."

"그러면 씨앗인가 봐요."

홍부도 그런가 하여 자세히 보니 한가운데에 '보은표(은혜 갚는 박)' 라는 세 글자가 씌었다.

"아마도 이것이 박씨인가 보네. 옛날에 어떤 뱀은 목숨을 살려 준 수隨나라 임금에게 구슬을 물어다 주어 은혜를 갚았다더니 너도 은혜 갚으려고 이걸 물어 왔느냐. 네가 주는 것이니 흙이라도 금으로 알고 돌이라도 옥으로 알고 해로운 것이라도 복으로 알고 받으마."

홍부는 박씨를 고맙게 받아서 고초일*을 피하여 동쪽 울타리 아래 터를 닦고 심었다. 이삼일 만에 싹이 나고 사오일 만에 줄기가 뻗더니 마디마디 잎이 나고 줄기마다 꽃이 피어 박 네 통이 열렸다. 대동강의 당두리선(바다로 다니는 큰 나무배)같이, 종로 인경(지금의 서울 보신각 종)같이, 육환대사* 법고같이, 둥두렷이 달렸으니 홍부가 좋아라고 문자를 써가며 말한다.

"유월에 꽃이 지니 칠월에 열매 맺었네. 큰 것은 항아리 같고 작은 것도 동이만하니 어찌 아니 기쁠쏘냐. 여보소 아기 어머니, 비단이 한 끼*라 하니 한 통을 따서 속은 지져 먹고 바가지는 팔아다가 쌀을 사서 밥을 지어 먹읍시다."

흥부 아내가 흥부를 말린다.

"그 박이 빛깔이 몹시도 좋으니 하루라도 더 굳혀서 완전히 여물거든 따 봅시다."

---

* 주나라~만들었으니 | 주(周)나라는 중국 당나라가 망하고 송나라가 천하를 통일할 때까지 중국에 있던 다섯 나라 중의 하나로 고대의 주나라와 구분하기 위해 후주라고도 한다. 이 주나라 임금 세종은 재물에 욕심이 많아 백성에게 가혹하게 세금을 거두었는데, 이때 당나라 사람 장갈이 호박으로 술잔을 만들어서 주나라 세종에게 바쳤다고 한다.
* 고초일(枯焦日) | 씨 뿌리기에 좋지 않은 날. 이 날 씨를 뿌리면 말라서 싹이 트지 않는다고 한다.
* 육환대사 | 김만중의 소설 『구운몽』에 나오는 중.
* 비단이 한 끼 | 비단옷을 입고 잘살다가도 가난해지면 비단옷을 한 끼 밥과 바꾼다는 말.

팔월이라 중추절에 슬근슬근 박을 타네

 이처럼 의논하며 박이 여물기를 기다리는 동안 팔월 추석이 되었다. 하지만 추석이 되었어도 굶기는 여전한데 어린 자식들은 저마다 어머니를 조른다.
 "어머니 배고파 죽겠어요. 밥 좀 주세요. 얼렁쇠네 집에서는 허연 것을 눈덩이처럼 뭉쳐 놓고 손바닥으로 비벼서 가운데 구멍 파고 삶은 팥을 집어넣어 두 귀가 뾰족뾰족하게 만들어 소반에 놓습디다. 그게 무엇이오?"
 "그것이 송편인데 추석날 만들어 먹는 떡이란다."
 또 한 녀석이 나선다.
 "대갈쇠네 집에서는 추석에 쓰려고 검정 쇠새끼를 잡습디다."
 흥부 마누라가 웃으며 대답한다.
 "아마 돼지를 잡는가 보다."
 이때 흥부는 배가 고파서 누워 있었다.
 흥부 마누라 치마끈을 빠드드 졸라매고 목수 집에 가서 톱 하나를 빌려다 놓고 굶어 누운 가장을 흔들흔들 깨운다.
 "일어나세요, 일어나. 박이나 한 통 따서 박속이나 지져 먹읍시다."
 흥부가 마지못해 일어나서 박을 따다 놓고 톱질할 자리에 반듯하게 먹줄을 친 다음 부부가 톱을 잡고 박을 켠다.

 슬근슬근 톱질이야.
 당기어 주소 톱질이야.

가난타고 설워 마소.

팔자 글러 가난,

사주 글러 가난,

벌지 못하여 가난,

미련하여 가난,

산소 글러 가난,

밑천 없어 가난,

가난한 걸 한탄 마소.

흥부 아내가 한마디 보탠다.

"산소 글러 가난하면 어째서 아주버님은 잘살고 우리는 가난한가? 장손만 잘되는 산소던가?"

에여라 톱질이야,

슬근슬근 당겨 주소.

새벽별 보며 일할 때 쓸

동자박*도 좋도다.

자손만대 잘살게 할

세간박*도 좋도다.

이 박 한 통 타거들랑

금은보화가 나옵소서.

* 동자박 | 부엌일할 때 쓰는 바가지.
* 세간박 | 집안의 가구처럼 쓰는 바가지.

흥부 아내가 맞받아 장단을 맞추며 밀거니 당기거니 슬근슬근 툭 타 놓으니 박 속에서 오색구름이 피어나며 푸른 옷을 입은 동자 한 쌍이 나온다.

흥부가 깜짝 놀라 푸념을 한다.

"팔자가 그르더니 이것이 웬일인고. 박 속에서 사람 나오는 것 보아라. 우리도 얻어먹기 어려운데 식구는 잘 보탠다."

그 동자 차림새를 보아 하니 봉래산*에서 학 부르던 동자가 아니면 틀림없이 천태산*에서 약 캐던 동자로다.

동자는 왼손에 유리병 들고 오른손에는 대모 쟁반을 들었다. 그것을 눈썹 위로 높이 들어 흥부에게 바치며 말했다.

"은병에 넣은 것은 죽은 사람 혼을 불러 살려 내는 환혼주還魂酒요, 옥병에 넣은 것은 앞 못 보는 장님을 눈 뜨게 하는 개안주開眼酒요, 금종이에 싼 것은 말 못하는 사람 말하게 하는 능언초能言草와 곱사등이 반신불수 절로 낫는 소생초蘇生草와 귀머거리 소리 듣게 하는 총이초聰耳草요, 이 보자기에 싸인 것은 녹용鹿茸, 인삼人蔘, 웅담熊膽, 주사朱砂 각종 약재입니다. 값으로 따지면 억만 환이 넘사오니 팔아서 쓰옵소서."

흥부는 마음이 너무 황홀하여 어디서 왔는지 물으려 했으나 동자들은 벌써 간데없이 사라지고 없다. 흥부는 춤을 추며 좋아서 어쩔 줄을 모른다.

"얼씨구 좋을시고, 좋다, 지화자 좋을시고. 세상 사람들 들어 보소. 박속을 먹으려다 순식간에 복이 터졌구나. 인간 천지 우주간에 부자 장자들이 재물은 많겠지만 이런 보배는 없을 테니 나 같은 부자가 어디에 또 있으리오."

흥부 아내도 덩달아 좋아한다.

---

* 봉래산(蓬萊山) | 신선이 사는 산으로 여기에 금빛 학이 있다고 한다.
* 천태산(天台山) | 중국 절강성(浙江省)에 있는 산. 도가(道家)에서는 이 산에 푸른 물이 솟아나는 샘이 있고, 갖가지 신비한 약초가 있다고 한다.

"우리 집에 약국을 차리면 좋겠네."

"약국을 새로 차리면 누가 알고 약을 사러 올까. 내 마음에는 빠른 효험이 밥만 못하네."

흥부 아내도 그 말이 그럴듯하여 맞장구를 친다.

"그건 그래요. 저 박에는 밥이 들었는지 또 타 봅시다."

흥부와 흥부 아내는 신이 나서 박 한 통을 또 따다 놓고 켠다.

슬근슬근 톱질이야,

당기어 주소 톱질이야.

우리 집이 가난하기

삼남에 유명터니

부자라는 이름과

많고 많은 재물을

하루아침에 얻었구나.

어찌 아니 좋을쏘냐.

흥부 아내도 한마디 한다.

"아까 나온 약이 얼마나 되는가 구구 좀 놓아 볼까?"

"자네가 구구를 놓을 줄 아는가?"

"주먹구구라도 맞기만 하면 좋지."

흥부 아내가 소리를 한다.

"구구팔십일 일광로는 적송자* 찾아가고, 팔구칩십이 이태백*은 채석강에서 달구경하고, 칠구육십삼 삼청선자* 학을 타고 놀고 있고, 육구오십사 사호선생* 상산에서 바둑 두고, 오구사십오 오자서*는 눈을 빼어 동문 위에 걸어 놓고, 사구삼십육 육수부*는 나라 위한 충성심이 갸륵하고, 삼구이십 칠 칠육구는 전국 시절 사절*이요, 이구십팔 팔진도*는 제갈량의 진법이요, 일구구 구궁수*는 하도낙서* 그 아닌가, 사만 오백 냥 어치나 되나 보오."

"제법이로세."

흥부는 웃고 입에서 나오는 대로 구구셈을 부르며 계속하여 박을 탄다.

* 일광로(日光老)는 적송자(赤松子) | 일광로와 적송자는 모두 신선 이름.
* 이태백(李太白) | 중국 당나라 때의 유명한 시인으로 달과 술을 몹시 좋아하였다. 결국 술을 마시고 채석강(采石江)에서 달을 잡으려고 하다가 빠져 죽었다고 한다.
* 삼청선자(三靑仙子) | 도가에서 말하는 신선들. 삼청은 신선들이 산다는 궁전.
* 사호선생(四皓先生) | 한나라 때 세상을 등지고 상산(商山)에 숨어 살았던 네 사람의 선비. 나중에는 모두 신선이 되었다고 한다.
* 오자서(伍子胥) | 중국 춘추 때 사람. 오나라 왕에게 바른 말을 하다가 죽임을 당하자 죽어서라도 오나라가 망하는 것을 보겠다며 자기 눈을 빼어 동문 위에 걸어 두라고 유언하였다.
* 육수부(陸秀夫) | 중국 송(宋)나라의 충신. 송나라가 원나라에 패하여 나라가 망하게 되자 송나라의 마지막 황제를 업고 바다에 빠져 죽었다.
* 칠육구는 전국 시절 사절 | 중국 전국시대 초기 진(晉)나라 예양(豫讓)의 일을 말하는 듯하나 확실하지 않다. 예양은 진나라 임금 지백(智伯)을 섬겼는데 지백이 신하인 조양자(趙襄子)에게 살해당하자 온몸에 칠을 하여 모습을 바꾸고 조양자를 죽여 원수 갚을 기회를 노렸으나 결국 실패하였다. 사절(死節)은 죽음으로 절개를 지켰다는 뜻인 듯하다.
* 팔진도(八陣圖) | 주역팔괘의 원리를 응용하여 삼국시대 제갈량(제갈공명)이 만들었다는 진법.
* 구궁수(九宮數) | 하늘의 아홉 별자리를 오행과 팔괘의 방위에 맞추어 점을 치는 수.
* 하도낙서(河圖洛書) | 옛날 중국의 황하에서 말이 등에 그림을 지고 나왔고, 낙수에서는 거북이 등에 글씨가 새겨진 것이 발견되었다. 그것을 하도와 낙서라고 하는데 이것이 『주역』의 기본이 되었다.

오십구

박 속에서 온갖 보물이 우수수

슬근슬근 톱질이야 쓱싹큭캭 툭 타 놓으니 박 속에서 온갖 세간이 다 나온다.
　자개함롱, 반닫이, 용장봉장, 귀목뒤주, 쇄금들미 삼층장, 계자다리 옷걸이며, 쌍룡 그린 빗접고비, 용두머리 장목비, 놋촛대, 백통 유경, 샛별 같은 요강, 타구 가득히 벌여 놓고, 운단 이불 대단 요며 원앙금침 잣베개가 반닫이에 가득하다.
　사랑방 치레는 더욱 좋다. 용목 쾌상, 벼룻집, 화류 문갑, 각계수리, 용연 벼루, 거북 연적, 대모 책상, 호박 필통 황홀하게 벌여 놓았다. 한편에는 책을 쌓았는데『천자문』,『유합』,『동몽선습』,『사략』,『통감』,『논어』,『맹자』,『시전』,『서전』,『대학』,『중용』 길길이 쌓였다. 그 곁에 순대모 안경, 화류 체경, 진묵, 당묵, 순황모, 무심필을 산호 필통에 꽂아 놓고, 갖가지 종이가 또 나온다. 낙곡지, 별백지, 도침지, 간지, 주지, 피딱지, 갓모, 유삼 유지, 식지 골고루도 나온다.
　또 각종 옷감이 나온다. 길주 명천 가는 베, 회령 종성 고운 베, 당포, 춘포, 육진포, 바리포, 사승포, 중산포, 가는 무명, 굵은 무명, 강진 해남 극세목, 고양 꽃밭들 이 생원의 맏딸 아기 보름 만에 마쳐 내던 세목이 관디차로 들어 있고, 의성목, 안성목, 송도 야다리목이며, 가는 모시, 굵은 모시, 임천 한산 극세저가 쏟아진 뒤에 갖가지 비단이 또 나온다.
　일광단, 월광단, 서왕모 요지연*에 진상하던 천도 무늬 황홀하고, 온 산에 흰 눈 덮였을 때 홀로 푸르러 절개 뽐내는 송조단, 태산에 올라 보고 천하가

작다 하던 공자의 대단이요, 남양 초당*에서 밭 갈던 만고지사 와룡단이 꾸역꾸역 나오고, 쓰기 좋은 양태문, 잘 팔리는 수갑사, 인정 있는 은조사요, 부귀다남 복수단, 삼순구식 궁초로다. 뚜두럭꾸벅 말굽장단, 서부렁섭적 새발문, 뭉게뭉게 운문단, 만경창파 조개단, 해주 자수, 몽고 삼승, 모본단, 모초단, 접영, 영초, 관사, 길상사, 생수, 삼팔주, 왜사, 갑징, 생초, 춘사 같은 것들이 더럭더럭 나오니 흥부 아내 이리 뛰고 저리 뛰며 좋아 어쩔 줄을 모른다.

"붉은 비단, 푸른 비단, 아 퍽도 많이 나온다. 우리가 한풀이로 비단으로만 옷을 만들어 입어 봅시다."

비단 머리, 비단 댕기, 비단 가락지, 비단 귀마개, 비단 저고리, 적삼, 치마, 바지, 속곳, 고쟁이, 버선까지 비단으로 만들어 놓으니 흥부가 묻는다.

"여보 마누라, 나는 무엇을 해 입을꼬?"

"아기 아버지는 비단 갓, 비단 망건, 당줄, 관자까지 모두 비단으로 하고 그것이 만일 부족하거든 아예 비단으로 큼직하게 자루를 만들어 둘러쓰세요."

흥부가 웃으며 한마디 한다.

"숨이 막혀 죽으라고 그러나? 또 한 통을 타 보세."

먹줄 쳐서 톱을 걸어 놓고 다시 박을 탄다.

"어이여라 톱질이야, 수인씨는 불 만들어 음식 익혀 먹는 법 가르쳤고, 복희씨는 그물 맺어 고기 잡는 법 가르쳤고, 황제씨*는 백 가지 풀 맛보아서 약을 만들고, 잠총*은 누에치기 시작하여 모든 인간 입혔고, 의적은 술 만들

---

* 서왕모(西王母) 요지연(瑤池宴) | 서왕모는 중국 신화에 나오는 선녀를, 요지는 중국 곤륜산에 있는 신선이 산다는 연못을 말한다. 이곳에서 신선들이 잔치를 연다고 한다.
* 남양 초당 | 제갈공명이 유비를 섬기기 전에 남양(南陽)에 초가집을 짓고 농사를 지으며 살았다.
* 황제씨(黃帝氏) | 중국 고대의 황제. 온갖 풀을 맛보아서 독초와 약초를 구분한 사람은 신농씨(神農氏)인데 여기서는 혼동한 것이다.
* 잠총(蠶叢) | 중국 촉나라 왕의 선조로, 누에를 길러 양잠하는 법을 처음 알아냈다고 한다.

고 여와씨*는 생황 만들고, 채륜은 종이 만들고, 몽염*이는 붓 만들고, 이 세상의 천 가지 기술, 만 가지 재주를 모두 뜻 높은 이가 만들었으니 우리는 박 타는 재주를 창조하여 보세. 슬근슬근 당기어라."

슬근살근 쓱싹 툭 타 놓으니 순금 궤짝 하나가 나온다. 금으로 만든 거북이 모양의 자물쇠가 달렸는데 '흥부 열어 보라'고 씌었다. 흥부가 은근히 좋아하며 꿇어앉아 열고 보니 황금, 백금, 오금, 십성, 좋은 천은이며, 밀화, 호박, 산호, 금패, 진주, 주사, 사향, 용뇌, 수은이 가득 찼다. 쏟아 놓으면 다시 가득가득 차고 쏟고 나서 돌아보면 어느새 하나 가득하다. 흥부와 흥부 아내는 좋아서 밥 먹을 새도 없이 밤낮 쉬지 않고 엿새 동안이나 불이 나게 쏟고 보니 어느새 큰 부자가 되었다.

흥부는 너무 좋아서 마누라에게 다시 권한다.

"집이 좁으니 이렇게 많은 재물을 어디다 두면 좋겠소. 우리 저 박 한 통 마저 타고 집이나 지어 봅시다."

한 통 남은 것을 마저 따다 놓고 흥을 내어 켠다.

"여보소 마누라 정신 차리고 힘써서 당겨 주소, 톱질이야. 우리 일을 생각하니 엊그제가 꿈이로다. 남달리 고생하다 하루아침에 큰 부자 되니 어찌 아니 즐거우리. 슬근슬근 톱질이야. 당기어 주소 톱질이야."

슬근슬근 툭 타 놓으니 박 속에서 꽃같이 어여쁜 한 미인이 나오며 흥부에게 다소곳이 절을 올린다. 흥부가 깜짝 놀라 허겁지겁 마주 절을 하고 물었다.

"뉘시기에 내게 절을 하시오?"

---

* 여와씨(女媧氏) | 중국 고대의 여황제. 대나무로 관악기 생황(笙簧)을 만들었다.
* 몽염(蒙恬) | 중국 진(秦)나라 때 만리장성을 쌓은 장수. 붓을 처음 만들었다.

그 미인이 애교를 흠뻑 띠우며 아리따이 대답한다.

"저는 양귀비이옵니다."

"어찌하여 내 집에 오셨소?"

"강남 황제께서 날더러 그대의 작은댁이 되라고 하시기에 왔나이다."

흥부는 그 말을 듣고 좋아서 싱글벙글하는데, 흥부 아내가 노골적으로 싫은 내색을 하며 쏘아붙인다.

"에그 잘되었다. 우리가 세상에 다시없을 정도로 가난하여 모진 고생을 하다가 이제 겨우 복을 받았는데 저 꼴을 누가 본단 말고. 내 진작부터 그 박은 켜지 말자 하였지."

흥부가 좋은 말로 아내를 달랜다.

"염려 마소. 아무러면 조강지처 괄시할까."

흥부는 그 날부터 고대광실 좋은 집에서 아내와 첩을 거느리고 행복하게 살게 되었다.

흥부가 부자 되니 놀부는 배가 아파

이 소문이 놀부 귀에 들어가니 찢어 죽여도 죄가 남을 놈이 제 아우 잘되었단 말을 듣고 심술이 나기 시작한다.

'이놈이 도적질을 하였나, 별안간 부자가 되었다니 무슨 영문인지 모르겠네. 내가 가서 윽박지르면 그 재산 반은 뺏어 오리라.'

이렇게 생각하고 벼락같이 건너가 흥부네 집 앞에 다다랐다. 쳐다보니 집 치레도 생전 처음 보게 으리으리하고 고대광실 높은 집에 사방 추녀 끝에서 풍경 소리가 울린다. 놀부는 심술이 부글부글 끓어올라 주체하기 어렵다.

염치없는 놈이 참 맹랑하기도 하다. 추녀 끝에 풍경 달아 놓고 이것들이 다 어디로 도적질 갔나 보다 하고 대문 밖에서 소리를 벼락같이 지른다.

"이놈, 흥부야!"

마침 흥부는 외출하고 흥부 아내가 혼자 있다가 종을 불러 이른다.

"밖에 손님이 와 계신가 보다. 나가 보아라."

날렵한 여종이 맵시가 뚝뚝 떨어지는 태도로 대문턱에 나가서 놀부에게 묻는다.

"어디 사시는 손님이십니까?"

놀부 놈이 평생에 그런 모양은 처음 보는 터라 기가 질려서 엉겁결에 묻는다.

"소인 문안드리오. 이 집 주인 놈은 어디 갔나이까?"

여종이 무안하여 허둥지둥 들어와서 흥부 아내에게 아뢴다.

"어디서 괴상한 미치광이가 왔습니다. 이 댁 생원님더러는 그놈 저놈 하고 쇤네를 보고는 문안을 드리며 완전히 생트집이옵디다."

홍부 아내가 미심쩍어하며 묻는다.

"그 양반 생김새가 어떠하더냐?"

"머리는 부엉이 대가리 같고, 수리 눈에 왜가리 주둥이, 맹꽁이 모가지를 한 것이 욕심과 심술이 더럭더럭 하옵디다."

홍부 아내가 듣고는 이내 놀부인 줄을 알고 종을 나무란다.

"시끄럽다. 함부로 지껄이지 마라."

홍부 아내 서둘러 옷끈을 고쳐 매고 급히 맞아들여 깍듯이 예를 갖추어 인사를 드린다. 그러나 놀부 놈은 괴춤에 손을 넣고 뻣뻣이 서서 답례도 않고 보고만 있더니 비단옷으로 잘 차려 입은 것이 심술이 나서 툭 내뱉는다.

"기생 모양으로 맵시 내고 거들거리네."

홍부 아내가 그 말은 못 들은 체하고 다시 식구들 안부를 묻는다.

"그사이 온 집안이 평안들 하시오니까?"

그러나 이놈은 트집이라도 잡을 듯이 퉁명스럽게 대꾸한다.

"평안치 아니하면 어찌할 터이오?"

홍부 아내는 기껏 공손히 인사했지만 아무 보람도 없으므로 더 말하지 않고 모란꽃을 수놓은 방석과 비단 요를 내어 깔며 권한다.

"이리로 앉으세요."

놀부는 옮겨 앉다가 일부러 미끄러지는 체하더니 칼을 빼서 방바닥을 득득 그으며 생트집을 잡는다.

"에이, 미끄러워. 그대로 두었다가는 사람 다치겠군."

놀부가 벽에 있는 그림과 글씨를 알아보기라도 하는 듯 아는 체를 한다.

"웬 벽에 달은 저리 많이 그려 붙였을까?"

그림 속 꽃밭에 있는 화초를 보고 또 아는 체를 한다.

"저 꽃을 당장 피게 하려면 땔나무 서너 단만 들여 놓고 불을 지르면 당장 환하게 핍니다. 저 두루미는 다리가 너무 길어서 못 쓰겠으니 한 마디 분지르게 이리 잡아 오시오."

놀부는 기침을 칵 하더니 가래침 한 덩이를 벽에다 탁 뱉는다. 흥부 아내가 보다가 짐짓 묻는다.

"성천 놋타구, 광주 사타구, 의주 당타구, 동래 왜타구가 골고루 있는데 침을 왜 벽에다 뱉으십니까?"

그러나 놀부는 여전히 생뚱맞게 대꾸한다.

"우리는 본래 눈에 뵈는 대로 아무 데나 뱉소."

흥부 아내가 밥하는 여자 종을 불러 이른다.

"점심 진지 차려 들여라."

놀부가 또 한마디 못을 박는다.

"어느 집이든지 계집이 너무 덤벙대면 집안이 망하는 법이지. 어쨌거나 반찬과 밥을 깔끔하고 맛있게 많이 차려 오렷다."

온 집안이 사신 행차라도 오신 듯 허둥지둥 서둘러 점심상을 차린다.

쌀을 하얗게 씻어 질지도 되지도 않게 밥을 짓고, 벙거짓골, 너비아니, 염통 산적 곁들이고, 알젓, 굴젓, 소라젓, 아감젓 골고루 놓고, 수육, 편육, 어회, 육회에는 초장과 겨자 맞추어 놓고, 온갖 채소, 장볶이, 섞박지, 동치미며, 기름진 암소갈비에 잔칼질을 하여 석쇠에서 끓는 대로 순서대로 바꾸어 놓고, 암치, 약포, 대하를 보풀 넣어 곁들이고, 숭어구이, 전복채를 갖추갖추 차려 놓고, 은수저 은주전자 은잔대에 반주를 따뜻이 데워 각 상에 받쳐 들고 날렵한 어른 종 아이종이 눈썹 위에 공손히 들어 앞에 갖다 놓고 전하는 말처럼 아뢴다.

"마님께서 갑자기 진지를 차리느라고 반찬이 변변치 못하다고 하옵서요."

놀부가 생전에 이런 밥상은 처음 받아 본다. 먹을 마음은 없고 밥상을 깨두드려야 마음이 시원할 듯하여 수저를 들고 밥상을 탁탁 치며 심술을 부린다.

"이 그릇은 얼마 주고, 또 이 그릇은 얼마를 주었소? 사발이 너무 크고 대접은 헤벌어지고 종지는 너무 작아. 접시는 벌어져야 좋지."

트집을 잡으며 밥상 위의 그릇들을 함부로 두들기니 흥부 아내가 보다 못해 말린다.

"당화기는 여려서 조금만 잘못 건드려도 톡톡 터지니 너무 치지 마세요."

그 말에 놀부 놈은 마치 기다리기라도 했다는 듯이 화를 벌컥 낸다.

"이 밥 안 먹으면 고만이지요."

투정 부리듯 발로 밥상을 탁 치니 순식간에 상다리가 부러진다. 종지는 뒹굴고, 접시는 폭삭, 사발은 덜컥, 수저는 땡그렁, 국물은 주르르, 장판방 네 구석에 음식이 흩어져 이리저리 흐른다. 그 꼴을 보고 흥부 아내는 울컥 성질이 치솟는다.

"아주버님 들으세요. 마음에 들지 않는 점이 계시거든 사람을 치시지 밥상까지 치십니까?"

흥부 아내는 부러진 상다리, 깨어진 그릇, 흐르는 국물, 마른 음식을 다 주워 담고 걸레로 깨끗이 닦아 내며 놀부를 나무란다.

"밥이 얼마나 소중한 것인데 밥상을 치셨노? 아주버님 들어 보세요. 밥이라는 것이 나라님 상에 오르면 수라요, 양반이 잡수면 진지요, 하인이 먹으면 입시요, 제비가 먹으면 밥이요, 제사상에 오르면 젯메이니 얼마나 소중한가요? 동네 사람들이 이 일을 알면 쫓겨나기 십상이고, 관가에서 알면 볼기 맞을 게 틀림없고, 감영에서 알면 귀양도 싸거늘."

그래도 놀부는 뻔뻔하기만 하다.

"동네에서 쫓겨나도 형 대신 아우가 쫓겨날 것이요, 볼기를 맞아도 형 대신 아우가 맞을 것이요, 귀양을 가도 아우나 조카 놈이 대신 갈 것이니 나는 아무 걱정 없소."

한참 이러고 있을 때 흥부가 들어와서 제 형에게 공손히 엎드리며 인사를 한다.

"형님, 오셨습니까?"

흥부가 인사하며 눈물을 떨어뜨리는데 이놈은 엉뚱한 생트집이다.

"너 누구 죽었단 부고 보았느냐? 이놈, 그 눈깔 보기 싫다."

흥부는 못 들은 체하고 하인을 불러 분부한다.

"큰 생원님 잡수실 것 다시 차려 오너라."

놀부는 한껏 거드름을 피우며 묻는다.

"이놈, 네가 요사이는 밤이슬을 맞는다지?"

흥부는 어이없어 되묻는다.

"밤이슬이 무엇이오?"

놀부는 다 알고 있다는 듯 꾸짖는다.

"밤이슬을 맞고 다니며 도적질을 얼마나 하였느냐?"

"형님, 이 말씀이 웬 말씀이오?"

흥부가 깜짝 놀라며 그동안 있었던 일을 자세히 말해 주었다.

"그러면 네 집 구경을 자세히 해야겠다."

흥부를 데리고 돌아다니며 집을 구경하는데, 흥부의 느긋한 태도와 넉넉한 살림을 보고 질투가 불붙는 듯하다. 그런 중에 또 양귀비가 나와서 인사를 올린다.

"이는 어떤 부인이냐?"

"이는 내 첩입니다."

그 말에 더욱 심술이 나서 벌컥 화를 낸다.

"엇다 이놈, 첩이라니. 어림도 없는 소리 그만두고 나에게로 보내어라."

"이 미인은 강남 황제가 주신 사람이요 이미 내게 몸을 허락했는데 형님께로 보내는 것은 안 될 말이지요."

"그는 그렇기도 하겠다. 그런데 저기 저 휘황찬란한 장은 이름이 무엇이냐?"

"그것은 화초장입니다."

"그건 네게 어울리지 않으니 내게로 보내어라."

"에그, 이것은 아직 제대로 손도 대지 않은 것입니다."

"앗다, 이놈아. 내 것이 네 것이요 네 것이 내 것이요, 네 계집이 내 계집이요 내 계집이 네 계집이니 무슨 관계가 있으랴. 그러나 계집은 못 주겠다고 하니 화초장이나 보내어라. 만일 그것도 못 주겠다면 온 집에다 불을 싸질러 버리겠다."

"그러면 하인을 시켜 보내 드리겠습니다."

"이놈, 네게 무슨 하인이 있단 말이냐? 이리 내놓아라. 내가 멜빵 걸어서 지고 가겠다."

흥부가 하는 수 없이 멜빵을 걸어 주었다. 이놈이 윗옷을 벗어서 척척 접어 장 위에 얹더니 짊어지고 제 집으로 돌아갔다. 그런데 가다가 화초장 이름을 잊어버리고 다시 흥부 집으로 돌아와서 묻는다.

"이놈아, 이 장 이름이 무엇이냐?"

"화초장입니다."

놀부 놈이 다시 짊어지고 이름을 또 잊을까 염려하여 '화초장 화초장' 하면서 가다가 개천을 만나 건너뛸 때 또 잊었다.

"아차 아차, 무슨 장이라던가? 간장, 초장, 송장도 아니요…….."

이처럼 중얼대며 제 집으로 들어가니 놀부 계집이 달려 나오며 묻는다.

"그것이 무엇이오?"

"이것 모르나?"

"글쎄, 알지는 못하나 참 좋기도 하네요."

"정말 모르나?"

"저 건너 양반 댁에 저런 장이 있는데 화초장이라고 합디다."

"옳지, 화초장이지."

놀부 계집은 욕심이 제 서방보다 한층 더하다. 좋은 것을 보면 곧잘 기절을 하고, 장에 갔다가 물건 놓인 것을 보든가 돈 세는 것을 보다가 죽어 엎어져 업혀 와서 석 달 후에야 일어난 일도 있다. 어찌나 욕심이 많든지 남의 결혼식 구경을 가서도 신부의 새 이부자리를 제가 먼저 덮고 땀을 내어야 병이 나지 않는 년이다. 그런 년이 화초장을 보더니 수선을 떨어 댄다.

"얼씨구, 곱기도 하다. 우리 남편이 복 많은 사람이지. 어디를 가면 빈손으로 오는 일이 절대 없지. 수저 같은 것을 보면 행전* 귀퉁이에 찔러 넣고 오고, 부젓가락*이나 부삽* 같은 것은 괴춤에 넣어 오고, 중발은 갓모자에 넣어 오고, 강아지는 소매에 넣어 오고, 어떻게든 빈손으로 오는 일은 없었지만 이것은 가던 중 제일일세. 어디서 가져왔어요?"

"그것을 알고 싶거든 이리 와서 듣게."

놀부는 말을 시작하며 분통부터 터뜨린다.

"에그 분하여라. 흥부 놈이 부자가 되었네."

놀부 계집이 바싹 다가앉으며 아는 체한다.

"어떻게 부자가 되었단 말예요? 도적질을 한 모양이네."

"작년에 제비 한 쌍이 흥부 집에 와서 집을 짓고 새끼를 쳤다네. 그런데 구렁이가 다 잡아먹고 한 놈이 날아가다가 떨어져 다리가 부러진 것을 흥부가 동여 주었다네. 올 봄에 그 제비가 은혜를 갚노라고 박씨 하나를 물어다 주더라는구먼. 그걸 심었더니 박 네 통이 열려서 탔는데 박 속에서 보물이 쏟아져 나와 부자가 되었다네. 우리도 제비 다리 부러진 것 하나만 나수면 얼마나 좋겠나?"

* 행전 | 바지 끝자락을 간편하게 하려고 무릎 아래에서 발목까지 감싸는 천.
* 부젓가락 | 화로 같은 데 꽂아 두고 불덩이를 집는 데 쓰는 쇠로 만든 젓가락.
* 부삽 | 재를 치거나 숯불 등을 담아 옮기는 데 쓰는 작은 삽.

제비야, 제비야, 내가 구렁이니라

놀부는 그 해 동지섣달부터 제비를 기다린다.

그냥 앉아서 기다리자니 조바심이 나서 그물 막대 둘러메고 제비를 후리러 나간다.

한 곳에 다다르니 날짐승 하나가 하늘에 떠온다. 놀부가 그걸 보고 반가워서 소리친다.

"제비가 이제야 온다."

그물을 들어 잡으려 하다가 보니 제비가 아니요 태백산 까마귀가 차돌도 못 얻어먹고 하늘에 높이 떠서 갈곡갈곡 울고 간다. 놀부는 눈을 멀겋게 뜨고 바라보다가 하릴없이 돌아섰다. 이곳저곳 돌아다니면서 제비를 몰아들이려 하나 제비 오는 싹이 아주 없으니 화가 나서 미칠 지경이다. 그럴 즈음 어떤 놈이 놀부를 속이려고 수작을 걸었다.

"제비를 아무리 기다린들 제비 있는 곳도 모르고 어찌 기다리겠나? 저기 제비 싹 곧잘 보는 사람이 있으니 데리고 다니면 쉽게 알 수 있을 걸세."

놀부가 듣고 몹시 기뻐하며 제비 한 마리 보는 데 스무 냥씩 주기로 하고 그 사람을 데리고 높은 산에 올라가서 제비 싹을 바라본다.

"제비 한 마리가 강남서 먼저 나오니 오래지 않아 자네 집으로 올 것이네. 그러니 우선 한 마리 값만 먼저 내소."

놀부는 제비가 온다는 말에 그저 좋아서 스무 냥을 주었다. 또 한참 바라보다가 놀부에게 말한다.

"제비 한 마리가 또 나오려 하는데 이놈도 자네 집으로 나오는 제비로세."

놀부 놈은 제비 나온다는 말에 반가워서 달라는 대로 값을 주었다.

그럭저럭 동지섣달 다 지내고 새봄이 돌아오자 놀부 놈은 가만히 기다리지 못하고 지레 제비를 후리러 나간다. 복희씨 맺은 그물을 둘둘 말아 둘러메고 제비만 후리러 나간다.

"이여차 저 제비야, 흰 구름 무릅쓰고 검은 구름 박차고 나간다. 너는 어디로 가려느냐, 내 집으로만 들어오소."

많고 많은 제비 중에 팔자 사나운 제비 하나가 놀부 집에 이르러 그곳에 의지하고 흙과 검불을 물어다 집을 지었다. 제비가 알을 낳아서 품을 적에 놀부 놈이 밤낮으로 제비 집 앞을 기웃거리며 가끔가끔 만져 본다. 그런데 알이 다 곯고 딱 한 개가 남아 새끼를 깨었다. 때가 가고 날이 가니 그 새끼가 점점 자라 날기를 공부한다. 그런데 아무리 기다려도 구렁이는 그림자도 보이지 않는다.

놀부 놈이 답답하여 참지 못하고 이번에는 뱀을 몰러 나간다. 삯꾼 여남은 명을 데리고 두루 다니며 능구렁이, 살무사, 흙구렁이, 독구렁이, 무좌수, 살배암, 율모기 되는대로 몰려고 며칠을 다녀도 도마뱀 하나 보이지 않는다. 할 수 없이 집으로 오다가 길에서 해포 묵어 홍두깨만한 까치독사(살무사)를 만났다. 놀부가 그놈을 보고 반가워서 꾄다.

"얼씨구 이 짐승아, 내 집으로 들어가세. 제비 집으로만 스르르 지나가면 제비 새끼가 떨어지는 날 나는 부자 될 것이니라. 그러면 네 은혜를 내 반드시 갚으리라. 병아리 한 뭇 달걀 열 개 한꺼번에 내어 줄 것이니 어서 들어가자."

독사가 독이 바짝 올라서 물려고 혀를 널름널름 하는데 놀부가 발을 뻗어 뱀을 밀었다. 그러자 뱀이 성을 내어 놀부의 발가락을 딱 물어 버렸다. 놀부가 입을 딱 벌리며 '애고' 하더니 눈앞이 캄캄하고 정신이 아득해졌다. 급히 집으로 들어와 침을 맞고 석우황을 바르고 법석을 피우더니 모진 놈이라서 죽지는 않고 간신히 살아났다.

겨우겨우 살아나서는 제가 구렁이인 체하고 제비 새끼를 잡아 내려서 두 발목을 자끈동 부러뜨렸다. 그러고는 깜짝 놀라는 체 수선을 떤다.

"불쌍하다 이 제비야. 어떤 몹쓸 구렁이가 와서 네 다리를 부러뜨렸느냐? 가련하고 불쌍하다."

이렇게 달래면서 흥부처럼 칠산 조기 껍질로 부러진 다리를 싸고 청올치로 찬찬 동여매었다. 그런데 이놈은 워낙 무지막지한 놈이라 제비 다리를 동여도 곱게 못 동이고 마치 오강* 사공이 닻줄 감듯, 여섯 모 얼레에 연줄 감듯, 비단 장수 통비단 감듯 칭칭 동여서 제비 집에 얹어 두었다. 그 제비가 간신히 살아나서 구월 구일이 되었다.

모든 제비 돌아갈 때 다리 부러진 저 제비도 놀부 집을 떠나간다. 하늘에 높이 떠서 가노라 하직하며 제비 소리로 인사를 한다.

"원수 같은 놀부야, 명년 삼월에 나와서 다리 부러뜨린 은혜를 갚을 것이니 좋이 좋이 잘 있거라. 지지위지지라."

제비가 울고 돌아가 제비 왕께 나아갔다. 제비 왕이 여러 곳에서 돌아온 제비를 살펴보다가 다리 저는 제비를 보고 물었다.

"너는 어찌하여 다리를 저느냐?"

"지난 해에 폐하께서 박씨 하나를 내보내시어 흥부가 부자가 되었습니다. 그것을 보고 그 형 놀부 놈이 저를 억지로 잡아 이러저러하여 생병신이 되었사오니 이 원수를 갚아 주옵소서."

---

* 오강 | 서울 근처의 중요한 나루가 있던 다섯 군데의 강대. 한강, 용강, 마포, 현호, 서강을 이른다.

제비 왕이 듣고 몹시 화를 내며 분부한다.

"이놈이 의롭지 못하면서 재물이 많아 논밭과 곡식이 넘쳐나는데 착한 동생을 돌보지 않았으니 이는 오륜에 벗어난 놈이다. 또한 마음보가 몹시도 고약하니 그냥 두어서는 안 될 놈이다. 네 원수를 갚아 줄 것이니 이 박씨를 갖다 주라."

제비가 받아 보니 한 쪽에 금 글자로 '보수표(원수 갚는 박)'라고 씌었다. 그 제비가 은혜에 감사하고 물러 나왔다.

해가 바뀌고 다시 삼월이 되자 제비는 박씨를 입에 물고 강남을 떠났다. 높은 하늘에 둥덩실 떠서 밤낮으로 날아와 놀부 집을 바라고 너울너울 넘노는데 놀부 놈이 제비를 보고 이른다.

"참으로 의리가 있구나, 제비야. 어디 갔다 이제 오느냐? 네 소식 몰라 안타깝더니 새봄이라 삼월 좋은 때에 날 찾아 돌아오니 한량없이 반갑구나."

제비는 박씨를 물고 이리저리 넘논다. 놀부가 박씨를 풀밭에 떨어뜨리면 잃을까 겁이 나서 삿갓을 젖혀 들고 좇아가니 제비가 박씨를 떨어뜨린다. 놀부 놈이 좋아라고 두 손으로 집어들고 자세히 보니 한 치쯤 되는 박씨에 '보수표' 세 글자가 뚜렷이 씌었다. 그러나 무식한 놈이 그 뜻을 알 턱이 없다. 다만 은혜 갚을 박씨라고만 여기고 그저 좋아하며 좋은 날을 가려 동쪽 처마 아래 거름 놓고 심었다. 사오 일이 지나자 박나무가 나더니 그 날로 순이 돋고 삼일 만에 덩굴을 뻗었다. 줄기는 돛대만하고 이파리는 고리짝만하게 사방으로 얼크러져 동네 집을 다 덮었다.

놀부는 집집마다 찾아다니며 다짐을 한다.

"상중하 남녀노소는 내 말을 들으시오. 내 박순 다치지 마시오. 집이 무너지면 새로 지어 주고 물건이 깨어지면 열 배로 값을 물어 주고 박 속에서 비단이 나오면 배자감 휘양감을 줄 것이니 박 넝쿨 다치지 마시오."

이 박 넝쿨이 특별히 무성하여 마디마디 잎이요, 줄기마다 꽃이 피어 박 여남은 통이 열렸다. 크기는 만경창파에 당두리선같이, 백운대 돌바위같이 줄레줄레 열렸다.

　놀부가 지레 들떠서 저의 계집과 의논한다.

　"흥부는 박 네 통 가지고 부자가 되었는데 우리는 박이 여남은 통이나 열려 있으니 그 박을 다 타게 되면 천하에 제일가는 부자가 될 것이야. 의돈*이를 곁채에 들이고 석숭*이를 잡아다가 부릴 것이니 황제가 부러울까?"

　이렇게 좋아하며 박이 익기만 손꼽아 기다리는데, 하루가 이틀씩 시간이 갑절로 빨리 가지 않는 것이 한스럽다. 그렁저렁 여름 석 달이 다 지나가고 팔구월이 되었다. 그동안 열 통이 넘는 박이 썩는 것도 하나 없이 하나하나가 쇠뭉치처럼 여물었다.

　놀부 놈은 좋아서 어쩔 줄 모르며 어서 박을 켜서 재물을 얻으려고 서두른다. 그 중에 먼저 익은 큰 박 하나를 우선 따다 놓고 저의 계집과 켜려 한다. 그러나 그 박이 쇠처럼 굳어서 저희끼리는 켤 수가 없으므로 할 수 없이 삯꾼을 얻는다.

　우선 건너 동네 목수에게 먹통*과 자 가지고 오라 하고 이웃 동네 사람 중에 병신이든지 성한 사람이든지 힘꼴이나 있는 자는 다 불러와서 개를 잡고 돼지 잡아 밥 세 끼, 술 다섯 차례 푸짐하게 먹였다. 망할 때가 되어 그런지 이놈의 오장육부가 뒤집혔다. 전에는 밥 한 술도 남 주는 법이 없고 제사 음식도 차리지 않던 인간이 술을 독째 내고 몇 섬이나 되는 쌀로 떡을 하여 놓고 동네 사람을 다 불러다가 실컷 먹였다.

　그런 다음 박 탈 삯을 정하려고 의논을 한다.

　그 중에서 언청이와 곱사등이 두 사람이 기운이 세어 동네 사람이 아무도 건드리지 못하는 놈들인데 이 날 때나 만난 듯이 두 놈이 선뜻 나서서 흥정을 한다.

"한 통에 스무 냥씩 쳐서 미리 돈을 주면 우리 둘이 나눠 먹겠네."

곱사등이가 그 말을 받아 맞장구를 친다.

"아무렴, 그렇지. 그 정도도 안 받고 그런 힘든 일을 할 잡놈이 어디 있겠나. 여보게 놀부, 들어 보게. 이것이 자네 일이고 한 동네 사는 정으로 삯을 이처럼 싸게 정하였네. 그런 줄이나 알고 재물 얻은 뒤에는 다시 상으로 좀 더 생각해 주소."

놀부는 마음이 흐뭇하여 박 열 통 타는 값 이백 냥을 선불로 선뜻 내주었다. 언청이 곱사등이 두 놈이 그 돈을 반씩 나누어 가진 후에 박 한 통을 들여놓고 켠다.

곱사등이가 톱을 메긴다.

"슬근슬근 톱질이야."

언청이가 소리를 받는데 입술이 없으니 제대로 소리가 될 리 없다.

"흘근흘근 홉질이야."

곱사등이가 면박을 준다.

"이놈 째보야. 홉질이라니 그게 무슨 소리냐?"

"입술 없는 놈이 무슨 소리를 잘하겠니? 하지만 이 다음에는 잘할 테니 염려 말아라."

곱사등이가 다시 소리를 메긴다.

"슬근슬근 톱질이야. 힘을 써서 당겨 주소."

언청이가 째진 입을 억지로 오므리고 소리를 받는다.

* 의돈(猗頓) | 중국 춘추시대의 큰 부자.
* 석숭(石崇) | 중국 진(晉)나라 때의 큰 부자.
* 먹통 | 목수가 나무를 똑바로 자르기 위해 줄을 치는 데 쓰는 도구.

"어이여라 끙이야. 캥키어 주소."

곱사등이가 째보의 뺨을 딱 치며 나무란다.

"이놈 누구더러 흑끙흑끙이야 하느냐?"

째보도 분해서 맞서서 소리친다.

"너더러 욕을 하였으면 네 아들 놈이다."

곱사등이가 머쓱하여 얼버무린다.

"그러면 뺨을 잘못 쳤구나. 오냐, 나중에 뺨 칠 일이 생기면 지금 친 뺨으로 대신 에우자. 어이여라 톱질이야 슬근슬근 당기어 주소."

째보가 되밀어 받아 넘긴다.

"예이여라 홉질이야."

"이놈 째보야. 삯을 넉넉히 받고 남의 술밥까지 잔뜩 먹고 보물 박을 타면서 그래도 홉질이란 말이냐. 이쪽 뺨마저 맞겠다."

째보가 화를 내며 대든다.

"네가 내 뺨을 전세라도 내었느냐. 툭하면 뺨을 치게. 언제라 외할머니 콩죽 먹고 살았으랴*, 이놈 네 꼬부라진 허리를 펴놓겠다."

곱사등이가 겁을 먹고 눙치며 달랜다.

"어서 타자. 홉질 소리만 말아라. 어이여라 톱질이야."

언청이는 길게만 빼어 소리한다.

"어― 여라 어―, 흘근흘근 당기여라. 예이여라 톱질이야. 어― 여라 애고, 고질이야."

---

* 언제라~살았으랴 | 다른 사람의 은혜로 살아온 것이 아니니 새삼스럽게 호의를 바라지 않는다는 말.

양반님네 닦달에 놀부는 혼비백산

한참 밀거니 당기거니 하면서 슬근슬근 흘근흘근 툭 타 놓으니 박 속에서 여러 사람이 제각기 글 읽는 소리가 난다.

한 양반은 『맹자』를 읽는다.

'맹자께서 양혜왕을 만났는데……'

또 한편에서는 『통감』* 일 권을 읽는다.

'이십삼 년이라, 처음에 진나라 대부 위사魏斯, 조적趙籍, 한건韓虔을 제후로 명하였다.……'

또 한편에서는 도련님이 앉아서 『천자문』을 읽는다.

'하늘 천天 따 지地 검을 현玄 누를 황黃……'

늙은 양반은 관을 쓰고, 젊은 양반은 갓을 쓰고, 새 서방님은 초립 쓰고, 도련님은 도포 입고 꾸역꾸역 나온다. 놀부가 기가 막혀서 묻는다.

"어디로 백일장 보러 가시오?"

저 생원님이 무섭게 호령한다.

"이놈 놀부야, 네 아비 개불이와 네 어미 괴똥녀가 우리 집 종으로 드난살이하다가 한밤중에 몰래 도망한 지 수십 년이 지났는데 이제야 찾았구나. 네 어미 아비 몸값이 삼천 냥이니 당장에 바치렷다."

이렇게 호통을 치며 업쇠를 불러 놀부를 잡아 묶으라고 호령한다. 업쇠가

* 『통감(通鑑)』| 중국 송(宋)나라 때 사마광(司馬光)이 쓴 중국의 역사책.

팔십삼

참밧줄 진밧줄 빨랫줄로 아래위를 잔뜩 묶어서는 커다란 소나무에 높이 달아매고 참나무 절구공이로 함부로 짓찧는데 생원님이 묻는다.

"네가 몇 형제이냐?"

놀부가 엉겁결에 불쑥 말이 나온다.

"외아들이올시다."

"계집애 동생은 없느냐?"

"누이가 셋이올시다."

"맏 년은 몇 살이냐?"

"지금 스물두 살이올시다."

"네 집에 그저 있느냐?"

"용산 삼개(서울 마포의 옛 이름) 큰 배 부리는 부자의 첩으로 주었습니다."

"둘째 년은?"

"지금 열아홉 살인데 다방골 공물 도장*의 첩이 되었습니다."

"셋째 년은 어디로 갔느냐?"

"셋째는 올해 열여섯 살인데 아직 출가치 못하고 그저 있습니다."

그 양반이 단박에 좋아하는 기색을 보이며 이른다.

"내가 박통에 들어앉아 심심하였다. 그년을 이리 불러오너라. 인물이 쓸 만하면 내가 첩을 삼겠다."

놀부가 엉겁결에 대답은 하고 나왔으나 어디 누이가 있어야 불러오지. 이런 걱정이 있나. 놀부 계집이 보다가 답답하여 참견을 한다.

"아주버니네 잘산단 말은 조금도 아니하고 없는 누이를 있다 하여 당장 불러오라고 하니 이런 걱정이 어디 있단 말예요?"

놀부가 제 뒤통수를 치며 후회한다.

"흥부를 망신시키려고 마음먹고 한 말이 입 밖에만 나오면 딴 소리가 되고 딴 사람이 되네그려. 애기 어머니가 머리를 땋아 늘이고 들어가서 잠깐 얼굴을 보일 수밖에 달리 길이 없네."

그러나 놀부 계집은 기겁하고 물러난다.

"첩을 삼겠다고 하는데 어찌 얼굴을 보인단 말이오? 가서 없다고 하세요."

놀부 놈이 첩 삼겠다는 말에는 깜짝 놀라 들어가서 둘러댄다.

"소인의 누이가 놀라서 어디로 달아나고 없으니 황송하오이다."

저 양반이 골을 잔뜩 내어 호령한다.

"달아나면 어디로 갔을꼬? 어서 바삐 찾아서 대령하라."

놀부가 기가 막혀 돈 삼천 냥을 은근히 드리며 애걸한다.

"용서하여 주옵소서."

그제야 생원이 못 이기는 체하고 놀부를 불러서 이른다.

"그래, 이것을 용돈으로 쓰다가 떨어질 만하거든 또다시 오마."

이렇게 말하고 간 뒤에 놀부 아내가 탄식하며 말했다.

"고개 넘어 아주버니네는 첫 통에 보물이 있었다는데 그것은 웬일이며 우리는 무슨 일로 첫 통에서 상전이 나왔소. 그 박 그만 타지 맙시다."

놀부가 아내를 타이른다.

"흥부네도 모르면 모르거니와 첫 통에서 양반이 나왔겠지. 그 각다귀 같은 양반떼가 거기라고 안 갔겠나?"

곱사등이가 어디에 숨었다가 나오며 묻는다.

"여보게 놀부야, 보물이 왜 그리 무섭게 호통을 하며 돈은 또 왜 그렇게 뺏어 가나?"

째보도 나오며 말한다.

* 공물 도장 | 관청의 물건을 취급하는 사람.

"놀부 자네, 비단이 나오면 품삯 외에 주머니감 주겠다고 하더니 그 양반들 따라온 하인이 내 삼베 주머니를 떼어 갔네. 그놈에게 부대낀 생각을 하면 비단도 탐나지 않아. 그만 타겠네."

놀부라고 할 말이 없을까, 째보를 원망한다.

"이것은 네가 톱질도 잘못하고 소리도 괴상하게 해서 보물이 변하여 재앙이 된 것이야. 이번에는 내 마음을 떠 보느라고 그런가 보니 이제부터는 아무 소리도 말고 톱질이나 힘써 당기어라."

듣고 보니 그 말도 그럴듯하다. 째보는 삯 받기에 골몰하여 아무 말도 못하고 '그리하마' 하고 또 한 통을 따다 놓고 탄다.

"슬근슬근 톱질이야. 당기어 주소 톱질이야."

째보는 아무 소리도 못하고 당기거니 밀거니 그저 톱질만 하며 슬근슬근 툭 타 놓으니 박 속에서 우르르 하고 가야금 든 놈, 소고 든 놈, 징 꽹과리 든 놈 한 패가 나온다.

"우리가 놀부 인심 좋단 말을 듣고 일부러 왔으니 한바탕 놀고 가세. 놀이채는 말하지 않아도 넉넉하게 줄 것이네."

둥덩둥덩 사방으로 뛰놀며 함부로 욕하며 쌀섬을 내놓아라 돈 백을 내놓아라 술밥을 내놓아라 정신없이 지저귄다. 놀부가 그 광경을 보고 어이가 없어 일찌감치 쫓아 보내는 것이 상책이겠다고 생각하고 돈 백 냥과 쌀 한 섬을 주어 보냈다.

스님도 무당도 놀부 위해 빌었다네

그런 다음 또 한 통을 따다 놓고 켠다.

"슬근슬근 톱질이야. 힘을 써서 당기어라."

슬근슬근 쓱싹쓱싹 툭 타 놓으니 박 속에서 난데없이 늙은 중이 나온다. 가는 대로 만든 삿갓을 숙여 쓰고 백팔염주 목에 걸고 먹장삼 떨쳐입고 마디 진 대나무 지팡이를 손에 들고 나와서는 '나무아미타불 관세음보살 나무대세지보살'을 쉴 새 없이 부르며 염불을 한다. 그 뒤로 상좌 중들이 바라 요령 경쇠 북을 들고 줄줄이 나와서 놀부에게 호통한다.

"이놈 놀부야, 우리 스승님이 네 집을 위하여 수륙도량을 열고 칠칠이사십구 일 동안이나 정성을 드렸다. 그사이에 들어간 비용만 해도 몇 만 냥이 되는지 모를 지경이다. 그러니 돈 오천 냥만 바치어라."

놀부가 묻는다.

"나를 위하여 무슨 불공을 했단 말이오?"

늙은 중이 꾸짖는다.

"이놈 놀부야, 들어 보아라. 네가 아무 일도 하지 않고 많은 재물을 그저 얻으려고 하느냐? 부처님께 불공도 아니 올리고 가만히 앉아서 재물을 얻을 것 같으냐?"

"그러면 이 다음에는 재물이 나오리까?"

"이 뒤에 나오는 사람은 자세히 알 듯하다."

놀부는 재물이 생기도록 불공을 드렸다는 말을 듣고 돈을 아끼지 않고 돈 오천 냥을 주어 보냈다. 째보가 묻는다.

"이번에도 내 탓이오?"

이렇게 비아냥거리니 놀부는 분해서 어쩔 줄을 모른다. 하지만 이 뒤에 재물이 나온단 말에 마음을 뺏겨서 또 한 통을 따다 놓고 째보를 달래어 켜라고 한다. 그때 놀부 아내가 나서서 남편을 말린다.

"켜지 마오. 제발 덕분에 켜지 마오. 그 박을 켜다가는 집안은 망하고 신세 망칠 것이니 제발 켜지 마시오."

그러나 놀부는 벌써 재물에 눈이 어두워진 터라 화를 내어 아내를 꾸짖는다.

"소사스러운 계집년이 무슨 일을 안다고 방정맞게 날뛰는고?"

주먹으로 아내의 관자놀이를 쳐서 쫓은 후에 째보와 곱사등이를 달래어 박을 켠다.

"슬근슬근 톱질이야. 당기어 주소 톱질이야."

슬근슬근 쓱싹쓱싹 툭 쪼개 놓고 보니 박 속에서 요령 소리가 나더니 명정 공포*가 앞서 나오며 상여 한 채가 나온다. 전나무로 만든 상여 가로대에 삼베로 줄을 걸어 메고 상두가 소리도 구성지다.

너호너호 너호
남문 열고 바라 쳤네.
계명산천이 밝아 온다.
너호너호 너호
앞고달이 평돌남아
일락서산 해 떨어진다.
젓가기는 웬일이냐.
뒷고잡이 김돌쇠야,

남의 다리 아파 온다.

굽가기는 웬일이냐.

너호너호 너호.

그 뒤에 상제 다섯 명이 나오는데 모두 병신 상제만 나온다. 곱사등이 상제, 소경 상제, 언청이 상제, 귀머거리 상제, 벙어리 상제 모두 다섯이 나온다.

"불쌍하다 불쌍하다. 소경 상제 불쌍하다."

소경 상제 하는 짓이 우습다. 상두가 소리에 맞추어 슬피 울며 따라가는데, 상두꾼이 소경 상제를 속이려고 상두가도 부르지 않고 요령도 울리지 않고 가만가만 메고 간다. 소경 상제는 갑자기 소리가 들리지 않자 영문을 몰라 허둥대며 꾸짖는다.

"요놈들, 앞 못 보는 사람을 속이느냐? 눈 어두운 사람을 속이면 큰 벌을 받느니라."

이때 마침 맞은 편에서 또 다른 송장이 지나가며 '너호너호' 소리를 한다. 소경 상제가 그 소리를 듣고 알은 체를 한다.

"옳지, 우리 상여가 여기 간다."

소경 상제가 그 뒤에 대고 울며 따라가니 상두꾼이 알려 준다.

"저 상제 잘못 오오."

그러나 소경 상주는 저도 다 안다는 듯이,

"너호너호 소리를 하고서 누구를 속이려고 엉뚱한 소리냐?"

이렇게 따라가는데 저편에서 상두가 소리가 또 난다.

* 명정 공포 | 상여가 나갈 때 장대에 묶어 상여 앞에 가는 기다란 천. 명정에는 죽은 사람의 관직 등을 써서 관과 함께 묻으며, 묻기 전에 공포로 관을 닦는다.

"소경 상제 어서 오소. 너호너호 동무들아, 너호너호 놀부가 부자란다. 대접 잘못하거든 연초대로 먹여 대자. 너호너호."

이렇게 소리하며 상여를 놀부 집 마당에 내려놓고 놀부를 부른다.

"이놈 놀부야, 대상大喪 진지는 백여 상이니 소 잡고 잘 차려라."

맏상제가 나앉으며 거든다.

"우리가 강남서 나올 때는 네 집터에 산소를 모시려고 왔느니라. 그러니 바삐 안채를 헐고 논밭을 있는 대로 팔아 들여라. 갖가지 석물(무덤가에 세우는 석상)을 만들어 세우고 가겠다."

이때 상두꾼들이 놀부를 서슬 있게 부른다.

"이놈 놀부야. 돈 만 냥만 주면 상여를 우리가 도로 메고 가마. 상여만 없어지면 송장 없는 장사를 지낼 수 있겠느냐?"

놀부 생각에 그 말이 옳을 듯하여 논밭을 급히 헐값에 내다 팔아서 돈 삼천 냥을 내어 놓으며 애걸복걸하니 상두꾼들이 상여를 메고 돌아간다. 놀부 놈이 그 뒤를 따라가며 묻는다.

"여보 다른 통에도 보물이 없소?"

상두꾼이 일러 준다.

"어느 통에 들었는지는 모르나 생금 한 통이 들기는 들었소."

놀부 놈이 옳다 하고 박 한 통을 또 따다 놓고 켠다.

"슬근슬근 톱질이야. 당기어 주소 톱질이야."

슬근 쓱싹 툭 타 놓으니 박 속에서 팔도 무당이 뭉게뭉게 나오더니 징과 북을 두드리며 온갖 소리를 다한다.

청유리라 황유리라,

화장 청정 세계는 대부진 각씨로 놀으소서.

밤은 닷새 낮은 엿새
사십 용왕 팔만 황제가 놀으소서.
내 집 성주는 와가 성주, 네 집 성주는 초가 성주,
오막 성주, 집동 성주가 절절히 놀으소서.
초년 성주 열일곱, 중년 성주 스물일곱, 마지막 성주 쉰일곱,
성주 삼위가 대활례로 놀으소서.

또 한 무당이 소리한다.

성황당 뻐꾹새야 너는 어이 우짖느냐.
속 빈 공양나무 새잎 나라고 우짖노라.
새잎이 우거지니 속잎이 날까 하노라.
넋이야, 넋이로다. 녹양 심산 넋이로다.
영이별이 전송하니 정수 없는 길이로다.

이런 별별 소리를 다 하고 또한 무당 소리를 한다.

바람아 월궁의 달월이로세,
월광 안신 마누라 설설히 나리소서.
하루도 열두 시요 한 달 서른 날 일 년 열두 달,
과년은 열석 달 만사를 도우소서.
안광당 국사당 마누라,
개성부 덕물산 최영장군 마누라,
왕십리 아기씨당 마누라 설설히 나리소서.

놀부는 여러 무당이 굿하는 모양을 보고 식혜 먹은 고양이 모양*으로 한 구석에 서 있는데 무당들이 장구통을 들어 놀부 놈의 가슴팍을 벼락같이 후려친다. 놀부 놈 눈에서 번갯불이 번쩍 한다. 분한 생각이 가득했지만 슬피 울며 빌기만 한다.

"이것이 어찌 된 까닭이오? 맞아 죽더라도 무슨 죄를 지었는지나 알고 죽으면 원이 없겠소. 제발 덕분 살려 주오."

"이놈 놀부야. 다름이 아니라 우리가 네 집을 위하여 굿을 많이 하느라 죽을힘이 다 들었다. 너는 값을 바치되 한 푼도 모자라지 않게 꼭 오천 냥을 바쳐라. 만일 거역하면 네 대가리를 뽑아 놓을 것이다."

놀부 놈이 버쩍 겁이 나서 오천 냥을 내어 주고 애걸복걸 빌어서 보내고 나니 열이 받칠 대로 받친다.

"잘되면 좋고 못되어도 그만이다. 남은 박을 또 따다 타 보겠다."

---

* 식혜 먹은 고양이 모양 | 제가 저지른 일이 탄로날까 두려워 겁내는 모양을 비유한다.

매 맞고 돈 뺏기고, 놀부가 기가 막혀

한 통을 따다 놓고 째보에게 당부한다.

"지금까지 켠 박은 모두 헛수고가 되었으니 내 운수가 나쁜 탓으로 돌리겠다. 다시는 너에게 이러쿵저러쿵 딴소리할 개자식 없으니 염려 말고 어서 켜 다오."

그러나 째보 놈은 은근히 뻗댄다.

"만일 켜다가 큰 탈이라도 나면 누구에게 떼를 쓰려고 이런 시러베 아들 같은 소리를 하느냐? 우스운 자식 다 보겠다."

놀부가 눙쳐 달래는데 째보는 으스대기만 한다.

"복 없는 나에게 자꾸 권하지 말고 복 많은 놈 얻어 타라."

"앗다 이 사람아. 내가 이리 단단히 다짐하고도 다시 자네를 탓할까. 만일 다시 무슨 트집을 잡으면 내 뺨을 개뺨 치듯 치소."

놀부는 이렇게 달래며 처음에 정한 품삯 외에 웃돈 스무 냥을 더 주었다. 째보 놈이 그제야 못 이기는 체하고 받아 꽁무니에 잘 간수하고 박을 탄다.

"슬근슬근 톱질이야, 당기어라 톱질이야."

밀거니 당기거니 슬근슬근 타다가 우선 들여다보니 박 속에 금빛이 비친다. 놀부가 그걸 보고 무슨 낌새나 챈 듯이 알은 체를 한다.

"이애 째보야. 저것 보이느냐? 이 박은 진짜 황금이 든 박통이니 어서 타고 바삐 보자."

슬근슬근 툭 타 놓으니 어라! 박 속에서 수천 명의 등짐장수가 빛깔 좋은 누런 농을 지고 꾸역꾸역 나온다. 놀부 놈이 기절초풍을 하여 묻는다.

"여보시오. 그 등에 진 것이 무엇이오?"

"이것이 경이오."

"경이라니 무슨 경이오?"

"면경 석경 만리경 요지경이요, 담뿍 치는 다발경이라. 얼씨구 좋다, 경이로다. 지화자 좋을시고. 요지연을 둘러보소. 이선의 숙낭자요, 당 명황의 양귀비요, 초패왕의 우미인*이요, 여포의 초선*이오. 팔선녀*를 둘러보소. 난양공주, 영양공주, 진채봉, 가춘운, 계섬월, 적경홍, 심요연, 백능파, 이런 미인들을 보았느냐?"

온갖 미인의 이름을 주워섬기며 온 집이 떠나갈 듯이 떠드니 놀부 놈이 기가 막혀 죽을 지경이다. 하지만 다른 박이나 어서 타 보려고 돈 삼천 냥을 내놓고 빈다.

"여보시오 여러분, 내 말을 들어 보오. 내가 박을 타다가 신세를 아주 망치게 되었소. 이것은 비록 얼마 안 되지만 여비에 보태어 쓰시고 일찌감치 헤어져 가시면 다른 박이나 타 보려 하오."

등짐장수들이 수군수군 저희끼리 의논하고는 놀부에게 일러 준다.

"뒷 박통에는 금과 은이 많이 들어 있는 듯하니 정성 들여 켜고 보라."

이렇게 말하고는 순식간에 흩어져 돌아갔다. 놀부는 또 한 통을 따다 놓고 켠다.

"슬근슬근 톱질이야, 당기어 주소 톱질이야."

슬근슬근 툭 타 놓으니 박 속에서 수천 명 초라니* 탈 쓴 자들이 나오더니

* 초패왕(楚霸王)의 우미인(虞美人) | 초패왕은 항우(項羽)의 별명이고 우미인은 항우가 사랑했던 여자를 말한다.
* 여포(呂布)의 초선(貂蟬) | 『삼국지』에 나오는 여포가 사랑했던 여자를 말한다.
* 팔선녀 | 김만중의 소설 『구운몽』에 나오는 여덟 선녀를 이른다.

오두방정을 다 떤다.

"바람아 바람아 네 어디에서 불어오느냐. 동남풍에 불려 왔나 대자 운을 달아보자. 하걸의 경궁요대*, 달기妲己를 희롱하던 상주의 녹대*, 멀고 먼 봉황대*, 보기 좋은 고소대*, 만세무궁 춘당대*, 한무제의 백량대*, 조조의 동작대*, 천대 만대 살대 젓대 붓대 다 던지고 우리 한바탕 놀아 보자."

한꺼번에 달려들어서 놀부 놈의 덜미를 잡아내어 가로로 딴죽을 친다.

"애고애고 초라니 형님 이것이 웬일이오. 무슨 일이든지 말씀만 하면 분부대로 하오리다."

놀부가 거꾸러지며 손이 발이 되도록 애걸하니 초라니가 호령한다.

"이놈 놀부야, 돈이 소중하냐 목숨이 소중하냐?"

놀부가 울면서 대답한다.

"사람 생기고 돈이 났는데 돈이 어찌 소중하다 하오리까?"

"이놈, 그러면 돈 오천 냥을 두 시간 내로 바치거라."

놀부는 할 수 없이 돈 오천 냥을 내어 주며 묻는다.

"분부대로 돈을 바치오니 남은 박통 속 일이나 자세히 일러 주시오."

"우리는 각각 다른 통에 들어 있어서 자세히는 알지 못하지만 어느 통엔지 분명히 생금이 들었으니 다 타고 볼 것이니라."

이렇게 알려 주고 헤어져 갔다. 놀부가 이 말을 듣고 헛된 욕심이 치받쳐서 동산으로 달려가 박 한 통을 따 가지고 오니, 째보가 짐짓 위로하는 척한다.

"이 사람 그만 켜소. 초라니 말을 어찌 믿을까. 또 만일 봉변이 나면 돈 쓰는 것은 그렇다고 하더라도 자네 매 맞는 것을 차마 볼 수 없네."

"아무려면 오죽할까. 아직은 돈냥이나 있으니 당할 때 또 당하더라도 마저 타고 끝을 보세."

째보가 마지못해 승낙하는 체하며 슬그머니 값을 올린다.

"자네 마음이 그러니 굳이 말리지는 못하지만 이번에 타는 삯은 더 생각하여야 하겠네."

놀부 놈이 홧김에 돈 열 냥을 선불로 주고 또 한 통을 탄다.

"슬근슬근 톱질이야, 당기어 주소 톱질이야. 이 박을 타거들랑 잡동사니는 나오지 말고 금은보배 나옵소서."

슬근슬근 툭 타 놓으니 박 속에서 수백 명 사당 거사가 뭉게뭉게 나와서는 소고를 두드리고 저희끼리 야단법석을 떨고 놀며 소리를 한다.

"오동추야 달 밝은 밤에 임 생각이 새로워라. 임도 응당 나를 생각하리, 나니나산이로다."

또 어떤 사당은 방아타령을 한다.

"천천히 걸어서 박석재를 넘어가니 '주점 앞의 푸른 버들'은 나귀 매던 버들이요 '아침 비에 먼지 촉촉이 가라앉으니*' 나 마시던 창파로다. 광한루야 잘 있더냐 오작교야 무사하냐."

또 한 놈은 달거리를 한다.

"정월이라 십오일 밤 달구경하는 소년들아, 달구경도 하려니와 부모 봉양

---

* 초라니 | 광대의 하나. 기괴한 여자 모양의 탈을 쓰고 붉은 저고리와 푸른 치마를 입었으며 긴 대를 가졌다.
* 하걸(夏桀)의 경궁요대(瓊宮瑤臺) | 중국 고대 하(夏)나라의 마지막 임금 걸(桀)은 매우 포악한 임금으로 각종 보석으로 장식한 화려한 궁궐을 짓고 향락을 일삼았다. 경궁요대는 옥으로 꾸민 궁궐과 대로 매우 화려한 건물을 말한다.
* 상주(商紂)의 녹대(鹿臺) | 중국 고대 상(商) 나라의 마지막 임금 주(紂)는 하나라의 걸과 함께 폭군의 대표적인 인물. 달기라는 미녀에게 빠져 그녀를 위해 화려한 녹대를 짓고 주색을 일삼았다.
* 봉황대(鳳凰臺) | 중국 남경(南京)시 남쪽에 있는 대. 일찍이 이 대에 봉황이 날아와 놀았다는 전설이 있다.
* 고소대(姑蘇臺) | 중국 고대 오(吳)나라 왕 부차(夫差)가 지은 대.
* 춘당대(春塘臺) | 서울 창경궁 안에 있는 대.
* 백량대(柏梁臺) | 후한 광무제가 지은 대. 동백나무로 대들보를 만들었으므로 이런 이름이 붙었다.
* 동작대(銅雀臺) | 중국 삼국시대 위(魏)나라의 조조가 지은 대.
* 아침~가라앉으니 | 당나라 왕유(王維)의 시 『위성곡(渭城曲)』의 일부분. 원시는 다음과 같다.
 渭城朝雨浥輕塵 위성의 아침 비에 먼지 촉촉이 가라앉고
 客舍青青柳色新 주점 앞의 푸른 버들 싱그럽구나
 勸君更進一杯酒 그대, 술 한 잔 더 마시게
 西出陽關無故人 서쪽으로 양관 나서면 옛 친구 없으리

늦어간다. 신체발부 팔다리를 부모님께 타고 나서 하늘같이 중한 은혜 어이 하여 다 갚으리. 이월이라 한식일에 천추 절개 적막하니 개자추* 넋이로다. 먼 산에 봄이 드니 불탄 풀이 새로 난다."

어떤 사당은 노래하고 어떤 사당은 단가 부르고 어떤 사당은 권주가 하고 각양각색 제멋대로 뛰어논다. 거사 놈은 노랑 수건 걸고 패랭이 썼다. 지고 있던 짐을 벗어 놓고 엉덩이를 흔들어 사당을 어르면서 번개 소구(손에 들고 치는 작은 북)를 바람같이 비같이 한바탕 두드리고 판염불 긴영산*을 부르며 흔들흔들 한바탕을 놀더니 놀부를 보고 달려든다.

"옳다 이놈, 이제야 만났구나."

기다렸다는 듯 여러 놈이 놀부의 팔다리를 하나씩 나누어 잡고 헹가래를 친다. 놀부 놈은 눈이 뒤집히고 창자가 다 터져 나올 것만 같다.

"애고 이것이 웬일이오, 사람을 살려 놓고 말을 하시오."

사당과 거사들이 입을 모아 호령한다.

"네가 목숨을 보전하려거든 전답 문서를 다 바치어라."

놀부 놈이 생각하니 만일 어기다가는 당장에 목숨이 달아날 지경이다. 반닫이를 떨걱 열고 홧김에 문서를 모두 내어 주니 여러 사당과 거사들이 나누어 가지고 헤어져 갔다.

---

* 개자추(介子推) | 중국 춘추시대 진(晉)나라 사람. 진 문공(文公)이 십구 년 동안 망명 생활을 할 때 문공을 따라 고생하며 공을 세웠으나 문공이 진나라로 돌아와 신하들에게 상을 내리는 과정에서 잘못을 지적했으나 들어주지 않자 어머니와 함께 금산(錦山)에 숨어 살았다. 문공이 뒤에 자신의 잘못을 깨닫고 개자추를 불렀으나 나오지 않았다. 그를 산에서 나오게 하기 위해 산에 불을 질렀으나 개자추는 끝내 나오지 않고 불에 타 죽었다. 그를 기려서 그가 죽은 날에는 불을 피우지 않게 되었고, 이것이 오늘날까지 내려오는 한식절의 시작이다.
* 판염불 긴영산 | 모두 노래 제목. 판염불은 서도 민요이고, 긴영산은 영산회상곡의 첫째 곡이다.

수백 명 왈짜가 한바탕 왁자지껄

째보는 이 광경을 보고 이제 그만 빠지고 싶은 생각이 들어서 놀부에게 핑계를 댄다.

"나는 집에 급히 볼일이 있으니 잠깐 다녀옴세."

놀부가 허겁지겁 붙잡으며 사정을 한다.

"이 사람아, 다 된 벌이를 중간에 버리지 마소. 아직도 박이 여러 통 남았네. 어느 통엔가는 생금이 많이 들었다고 하니 차례로 타고만 보면 언젠가는 좋은 일이 있지 않겠나. 이제부터는 한 통을 탈 때마다 미리 웃돈을 더 주겠네."

째보는 그제야 허락하고 또 한 통을 탄다.

"슬근슬근 톱질이야, 당기어 주소 톱질이야."

슬근슬근 툭 타 놓으니 박 속에서 수백 명 왈짜가 밀거니 뛰거니 쏟아져 나온다.

누구누구 나왔는가. 이죽이 떠중이 난죽이 바금이 딱정이 군평이 태평이 여숙이 무숙이 하거니 보거니 난정몽둥이 아귀쇠 악착이 조각쇠 섭섭이 든든이, 온갖 잡놈이 꾸역꾸역 휘몰아 나온다. 그놈들이 차례로 앉더니 놀부를 잡아내어 빨랫줄로 찬찬 묶어 나무에다 동그마니 달아매고 매질 잘하는 왈짜 하나를 뽑아내어 분부한다.

"저놈을 사정 두지 말고 단단히 쳐라."

그러나 뽑혀 나온 왈짜는 꽁무니를 뺀다.

"그렇게 치다가 만일 죽기라도 하면 어쩌라고? 누구더러 살인죄인으로 닦달을 받으라고 그러나?"

왈짜들이 머리를 맞대고 의논하더니 놀부를 놀려 먹을 생각을 냈다.

"우리가 미리 약속도 하지 않고 이렇게 모이기가 쉽지 않아. 이놈을 발기기는 나중에 하기로 하고 우선 실컷 놀려 먹다가 헤어지면 그것도 심심풀이로 좋지 않겠나?"

여러 놈이 손뼉을 치며 '그 말이 옳다' 하고 놀부를 치려고 하는데 털평이가 윗자리에 앉았다가 말을 꺼냈다.

"우리가 잘하나 못하나 단가 하나씩 부딪쳐 보되 만일 제대로 이어가지 못하는 친구가 있거든 벌로 떡을 먹이기로 하세."

저희끼리 의논하고 털평이가 먼저 단가 하나를 부른다.

"새벽 서리 날샌 후에 일어나라. 아이들아 뒷산에 고사리 자랐으리니 오늘은 일찍이 꺾어 오너라. 새 술 안주 하여 보자."

또 한 왈짜가 단가를 한다.

"하늘이 정한 일을 힘으로 어찌하랴. 함양의 아방궁을 불 지름도 오히려 큰 죄거늘 하물며 의제를 오강에서 죽인단* 말가."

또 군평이가 나앉으며 뜨더귀 시조*로 입을 연다.

"사랑인들 님마다 하며 이별인들 다 서러우랴. 임진강 대동강수요 황릉묘에 두견 운다. 동자야 술 걸러라, 취하고 놀게."

떠중이는 풍 자 운을 달아 소리한다.

"만국병전초목풍* 채석강선낙원풍* 일지홍도낙만풍*, 제갈공명 동남풍, 어린아이 만경풍*, 늙은 영감 변두풍(편두통), 광풍 대풍 허다한 풍 자를 다 어찌 달리."

바금이는 사 자 운을 달아 소리한다.

"한식동풍어류사* 원상한산석경사* 도연명陶淵明의 「귀거래사歸去來辭」, 이태백의 「죽지사竹枝詞」, 굴삼려屈三閭의 「어부사漁父詞」, 양소유의 「양류사」*, 그리워 상사, 불사 이 자사, 만첩청산 등불사, 말 잘하는 동지사, 화문갑사."

태평이는 년 자 운을 달아 노래한다.

"적막강산금백년*, 강남풍월한다년*, 우락중분미백년*, 인생부득갱소년*, 한진부지년*, 금년 거년 억만년이로다."

또 떠죽이가 떠죽대며 인 자 운을 단다.

"양류청청도수인*, 양화수살도강인*, 편삽수유소일인*, 서출양관무고인*."

---

* 함양의~죽인단 | 중국 진(秦)나라 말기에 나라의 정세가 어지러워지자 천하의 영웅들이 들고 일어났다. 이때 여러 영웅이 초(楚)나라의 회왕(懷王)을 의제(義帝)로 떠받들고 힘을 합쳐 진나라에 대항했다. 그러나 연합군이 진나라 군대를 물리치자 항우가 진나라의 궁전인 아방궁에 불을 질러 그곳에 있던 많은 재물과 옛 서적들을 모두 태웠다. 뒤에 항우는 자신이 천하의 황제가 되기 위해 의제를 죽였다.
* 뜨더귀 시조 | 여기저기서 조각조각 잘라 내어 만든 시조.
* 만국병전초목풍(萬國兵前草木風) | 두보의 시 「세병마행(洗兵馬行)」의 한 구절. '만국의 병사들 앞에 바람 불어 초목이 흔들리고' 라는 뜻.
* 채석강선낙원풍 | 무슨 뜻인지 확실하지 않다.
* 일지홍도낙만풍(一枝紅桃落晚風) | '붉은 복숭아 한 가지 늦은 바람에 떨어지고' 라는 뜻. 출처는 알 수 없다.
* 만경풍(慢驚風) | 몸이 허약해져서 경풍이 자주 일어나는 병.
* 한식동풍어류사(寒食東風御柳斜) | 당나라 한굉(韓翃)의 시 「한식(寒食)」의 한 구절. '한식날 봄바람에 궁전의 버들가지 늘어지고' 라는 뜻.
* 원상한산석경사(遠上寒山石徑斜) | 유문방(劉文房)의 시 「산행(山行)」의 한 구절. '멀리 가을산 오솔길을 오르니' 라는 뜻.
* 「양류사」 | 김만중의 소설 『구운몽』의 주인공 양소유가 지은 시 제목.
* 적막강산금백년(寂寞江山今百年) | 조선 숙종 때 이재(李縡)가 지은 시의 한 구절. '강산이 적막한 지 어느덧 백 년' 이라는 뜻.
* 강남풍월한다년(江南風月閑多年) | 중국 당나라 마자재(馬子才)의 시 「연사정(燕思亭)」의 한 구절. '강남의 풍월이 한가한 지 오래네' 라는 뜻.
* 우락중분미백년(憂樂中分未百年) | '근심과 기쁨 반반인 (인생) 백 년이 못 되네' 라는 뜻.
* 인생부득갱소년(人生不得更少年) | '인생은 다시 소년이 될 순 없다' 는 뜻.
* 한진부지년(寒盡不知年) | 태상은자(太上隱者)의 시 「답인(答人)」의 한 구절. '추위가 다 가도 해 바뀐 줄 모르네' 라는 뜻.
* 양류청청도수인 | 무슨 뜻인지 정확히 알 수 없다.
* 양화수살도강인(楊花愁殺渡江人) | 정곡(鄭谷)의 시 「가상별고인(佳上別故人)」의 한 구절. '버들꽃 강 건너는 사람 애태우네' 라는 뜻.
* 편삽수유소일인(編揷茱萸少一人) | 왕유(王維)의 시 「억산동형제(憶山東兄弟)」의 한 구절. '모두들 수유꽃 머리에 꽂을 때 한 사람이 부족하겠네' 라는 뜻.
* 서출양관무고인(西出陽關無故人) | 왕유(王維)의 시 「연사정」의 한 구절. '서쪽으로 양관 나서면 옛 친구 없겠네' 라는 뜻.

또 아귀쇠는 절 자 운을 단다.

"꽃 피어 춘절(봄), 잎 피어 하절(여름)이라. 노란 국화 붉은 단풍 추절(가을)이요, 계곡에 물이 줄어 바위가 드러나고 흰눈이 펄펄 날리니 동절(겨울)이라, 충절이 없으면 무엇하리."

또 악착이는 덕 자 운을 단다.

"세상에 사람 되어 나서 덕 없이는 못 살리라. 늙어서 편안함은 자손의 덕, 충성 효도 가풍은 조상의 덕, 불 피워 음식 익히니 수인씨 덕, 창칼 써서 용맹 떨침은 헌원씨 덕, 삼국의 어진 황제 유현덕, 촉나라 명장 장익덕, 난세 간웅 조맹덕, 서량 명장 방덕, 단단한 목덕, 물렁물렁 쑥덕, 이 덕 저 덕 다 버리고 오늘 놀음은 놀부 놈의 덕이라."

여숙이는 질 자 타령을 한다.

"삼국에 바람 잘 날 없다 싸움질, 펄펄 끓는 한여름에 부채질, 비 내리는 강가에서 낚시질, 깊은 산골 들어가서 도끼질, 낙엽 진 빈산에서 갈퀴질, 젊은 아씨 바느질, 늙은 영감 잔말질."

또 변통이가 내달아 기 자 타령을 한다.

"곱장이 복장 차기, 아이 밴 계집 배 치기, 옹기 장수 작대 치기, 불붙는 데 부채질하기, 아이 낳은 데 개닭 잡기, 역환 모신 집에 말뚝 박기, 달아나는 놈 다리 치기."

이렇게 놀더니 저희끼리 돌아앉아 제각기 이름과 사는 곳을 묻는다.

"저기 저분은 어디 사시오?"

그놈이 대답한다.

"나는 왕골 사오."

"아니 왕골 사다가 자리를 매려 하오?"

"아니오. 내 집이 왕골이란 말이오."

군평이가 나서서 뜻을 새겨서 풀이한다.

"예, 옳소. 이제야 알아듣겠소. 왕골 산다 하니 임금 왕王 자 고을 동洞 자이니 동관 대궐 앞에 사나 보오."

"예 옳소, 영락 아니면 송낙이오."

"또 저분은 어디 사시오?"

"나는 하늘 근처에 사오."

군평이가 또 새겨서 말한다.

"사직社稷은 하늘을 위한 것이니 아마 무덕문 근처에 사시나 보오."

"또 저 친구는 어디 사시오?"

"나는 문안 문밖에 사오."

군평이 계속 새김질로 대답한다.

"창의문彰義門 밖 한북문漢北門 안이 문안 문밖이 되니 조지서* 근처에 사시나 보오."

"그곳은 아니오."

"예 그러면 이제야 알겠소. 대문 안 중문 밖 사시나 보니 행랑어멈 자식인가 싶소. 저만치 서 계시오."

"또 저분은 어디 사시오?"

"나는 휘도로 골목 사오."

이번에는 군평이도 갸우뚱한다.

"내가 아무리 새김질을 잘하여도 그 고을은 처음 듣는 말이오그려."

"나는 집 없이 두루 다니기에 하는 말이오."

군평이가 또 묻는다.

---

* 조지서(造紙署) | 조선시대에 종이를 만들던 관청.

"바닥에 첫째로 앉은 저분은 어디 사시고 성자는 무슨 자를 쓰시오?"

그놈이 대답한다.

"내 성은 두 사람이 씨름하는 성이오."

군평이 풀이한다.

"나무 목 둘이 나란히 버티고 섰으니 수풀 임林 자 임 서방이시오. 또 저 친구는 뉘라 하오?"

"예 내 성은 막대기에 갓 씌운 성이오."

군평이가 또 풀이한다.

"갓머리⼧ 안에 나무 목木을 하였으니 댁이 송宋 서방이시오. 또 저분은 뉘라 하시오?"

"예, 내 성은 계수나무란 목木 자 아래 만승천자란 아들 자子 자를 받친 성이오."

군평이 대답한다.

"그러면 알겠소. 댁이 이李 서방이시오. 또 저분은 뉘라 하시오?"

저놈은 워낙 무식하여 기역자를 보면 거멀못*으로 아는 놈이라 입에서 나오는 대로 대답한다.

"나는 난장 목두기*란 목木 자 아래 역적 소아들이란 아들 자子 자를 받친 이李 서방이오."

"또 저분은 뉘라 하시오?"

"예, 나는 뫼 산 자가 사방으로 두른 성이오."

군평이가 속으로 곰곰이 새겨 보더니 이윽고 풀이한다.

"뫼 산山 자 넷이 사방으로 둘렀으니 밭 전田 자 전 서방인가 보오. 또 저분은 뉘라 하오?"

그놈은 성이 배가인데 정신이 아주 없는 놈이라서 배를 사서 주머니에 넣고 다녔다. 동무들이 성을 묻는 걸 보고 아무 대답 없이 우선 주머니를 열고 배를 찾으나 간 곳이 없다. 기가 막혀서 뒤통수를 치며 푸념을 늘어놓는다.

"이런 제미할, 성 때문에 망하겠다. 이번에도 어느 경칠 놈이 남의 성을 도적질하여 먹었구나. 태어나서 오늘까지 성 때문에 버린 돈이 팔 푼 하고도 열여덟 닢이나 되니 가뜩한 살림이 성 때문에 망하겠다."

중얼중얼 투덜거리며 부리나케 주머니를 뒤지니 군평이가 나무란다.

"이분은 친구가 성을 묻는 판에 대답은 없고 주머니만 주무르니 그런 제미할 경계가 어디 있소?"

그놈이 화를 내어 대꾸한다.

"남의 자세한 사정도 모르고 답답한 소리만 하는구려. 내 성은 사람마다 먹는 성이오."

말을 하면서도 구석구석 뒤지는데 배는 없고 꼭지만 나온다. 다급한 김에 그것을 집어 들고 말한다.

"그러면 그렇지 어디 갈 리가 있나?"

이렇게 말하고 배꼭지를 내두르며 외친다.

"자, 내 성은 이것이오."

군평이가 알았다는 듯 말한다.

"그러면 게가 꼭지 서방이오?"

"예 옳소 옳소, 바로 아셨소."

"또 저분은 뉘라 하시오?"

"예, 내 말씀이오? 나는 성이 안갑이란 안 자에 부어 터져 죽다는 부 자에

* 거멀못 | 나무그릇 같은 것이 터지거나 벌어질 염려가 있는 곳에 겹쳐서 박는 못.
* 목두기 | 목둣개비의 준말. 재목을 다듬을 때 잘라 버린 나뭇개비.

난장몽동이란 동 자를 합하여 안부동이란 사람이오."

"또 저분은 뉘라 하시오?"

그놈이 아무 말 없이 두 주먹을 불끈 쥐고 내밀며 퉁명스럽게 대답한다.

"내 성명은 이러하오."

군평이가 웃으면서 풀이한다.

"예 알겠소. 게가 성은 주가요 이름은 머귀인가 보오."

"과연 그러하오."

"또 저기 비켜 선 저분도 마저 인사합시다. 성자를 무엇이라 하시오?"

"나는 난장몽동이 아들이오."

"또 저분은 뉘라 하오?"

"나는 조치안이라 하오."

그놈의 대답에 딱정이가 내달아 나무란다.

"여보, 이분! 친구에게 서로 이름을 말하고 인사하는 법이 오백 년을 내려오는 풍습인데 좋지 아니하단 말이 웬 말이오?"

그놈이 허허 크게 웃고 대답한다.

"내 성이 조가요 이름이 치안이란 말이지, 친구가 인사하는데 좋지 않다 할 까닭이 있소."

딱정이가 알겠다는 듯

"그는 그러할 듯하오."

이처럼 지껄이다가 그 중에 한 왈짜가 나서며 일깨운다.

"여보게들, 지금 이러고만 있을 때가 아닐세. 우리가 놀기는 내일도 얼마든지 할 수 있으니 놀부 놈을 어서 끌어내어 발기자."

여러 왈짜가 맞장구를 치고 나선다.

"우리가 인사하는 데 골몰하여 이때까지 그냥 두었으니 일이 잘못되었구

나. 벌써 찢어 발겼어야 할 놈이지."

여러 놈이 그 말이 옳다 하고 우선 놀부 놈을 잡아들여 이 뺨 치고 저 뺨 치며 발로 차고 뒹굴리며 주무르고 잡아 뜯는다. 그러고는 두 다리 사이에 몽둥이를 끼워 주리를 틀고 회초리로 마구 때리다가 두 발목을 도지개(활을 바로잡는 기구)에 넣고 트니 복숭아뼈가 우직우직한다. 그런 놈에게, 기름 적신 헝겊에 불을 붙여 발 사이에 끼우고 사정없이 지지며 온갖 형벌을 쉴 새 없이 번갈아 가며 하니 쇠공의 아들이라도 견딜 재간이 없다.

놀부 놈이 입으로 피를 토하며 똥을 싸고 칠푼팔푼 하며 갖가지로 애걸하며 빈다.

"살려 주오, 살려 주오, 제발 덕분에 살려 주오. 돈 바치라면 돈 바치고 쌀 바치라면 쌀 바치고 계집이라도 바치라 하시면 바칠 것이니 불쌍한 목숨을 살려 주옵소서."

왈짜들이 돌려가며 한 번씩 생주리를 틀더니 그제야 한 놈이 분부한다.

"이놈 놀부야 들어라. 우리가 금강산 구경을 가는 길인데 노자가 다 떨어졌다. 돈 오천 냥만 바치되 만일 조금이라도 늦장을 부리면 된급살을 낼 것이다.

놀부 놈이 어찌나 혼이 났던지 감히 한마디도 못하고 돈 오천 냥을 주어 보냈다.

박국을 먹었더니 식구마다 덩동덩동

놀부는 실컷 매를 맞아 팔다리도 제대로 가누지 못했다. 그러면서도 끝까지 헛된 욕심에 눈이 멀어서 이 다음 박에는 수가 있을 줄 알고 엉금엉금 기어서 동산으로 올라갔다. 다시 박 한 통을 따 가지고 내려와서 째보를 달래어 박을 컨다.

"슬근슬근 톱질이야, 당기어 주소 톱질이야."

슬근 쓱싹 쪼개 놓고 보니 팔도 소경이란 소경은 다 몰려나온다. 소경들이 막대기를 뚜닥거리며 눈을 희번덕이고 내달으며 소리친다.

"이놈 놀부야, 네 놈이 날겠느냐, 기겠느냐? 어디로 가려 하느냐? 너를 잡으려고 안 남산 밖 남산 무계동 쌍계동 면면촌촌이 얼레빗 사이사이 참빗 틈틈이 굴뚝 차례로 두루 돌아다녔는데 오늘 이곳에서 만났구나. 네 내 수단을 보아라."

소경들이 막대를 들어 휘두르기니 놀부 놈이 정신없이 피한다. 하지만 여러 소경이 점을 치며 눈뜬 사람보다 더 잘 찾아 붙잡는다. 놀부 놈이 달아나지도 못하고 애걸한다.

"여보 장님네, 이것이 웬일이오. 사람을 살려 주시오. 무슨 일이든지 분부대로 하리다."

소경들이 그제야 놀부를 버리고 북을 두드리며 경문을 읽는다.

"천수천안 관자재보살 광대원만 무아대비 심신묘장군 대다라니 왈 나무라다라다라야 남막알약바로기제 사바하 도로도로 못자못자 야연씨성주 원씨천존 남방화제성군 서방금제성군 북방수제성군 태을선군 놀부 놈을 급살탕으로 점지하여 주옵소서. 급급여율령 사바하."

이렇게 경을 읽고 나서 놀부를 개장 끓일 개 두드리듯 함부로 친다. 놀부가 견디다 못하여 돈 오천 냥을 내어 주고 생각하니 아득하기만 하다. 집안에 돈이라고는 한 푼 남은 것이 없이 재산을 몽땅 날렸으니 이제는 살아갈 길도 막막하다. 하지만 어차피 시작한 일이니 갈 데까지 가 보는 수밖에 없다. 고생 끝에 낙이 온다고 하였으니 나중에야 설마 좋은 일이 없으랴. 동산으로 올라가서 박 한 통을 따다 놓고 째보를 달랜다.

"이번 박은 겉을 보아하니 빛이 희고 좋구나. 이 속에는 틀림없이 보물이 들었을 것이다. 재물을 얻으면 너도 살게 될 것이니 정성 들여 타 보자."

톱을 얹어 톱질을 시작한다.

"슬근슬근 톱질이야, 당기어 주소 톱질이야."

밀거니 당기거니 한참을 켜는데 이번에는 무엇이 들었을지 궁금증이 나서 참을 수가 없다. 귀를 기울여 가만히 들으니 박 속에서 우레 같은 소리가 진동한다.

"비로다, 비로다."

천둥 치듯 하는 소리에 놀부는 벌써 큰 탈이 또 무더기로 난 줄 알고 정신이 어쩔하여 톱을 슬며시 놓고 멀찍이 물러간다. 째보도 톱을 내던지고 달아나려 하는데 박 속에서 우레 같은 소리로 호령을 한다.

"너희가 무슨 수작을 이리하고 박을 아니 타느냐? 내가 답답하여 잠시도 못 견디겠으니 어서 바삐 켜라."

놀부가 바짝 겁을 내며 묻는다.

"비라 하시니 무슨 비인지 자세히 말씀하소서."

"이놈 비로다."

놀부가 다시 묻는다.

"비라 하시니 당 명황의 양귀비온가 창오산 저문 날에 아황 여영 이비시오이까. 누구신 줄이나 먼저 알고 박을 마저 켜오리다."

그러자 박 속에서 억장이 무너질 듯한 말이 들린다.

"나는 그런 비가 아니다. 한나라 종실 유황숙(유비의 별명)의 아우 거기장군 연나라 사람 장익덕 장비니라. 네가 만일 박을 아니 켜고 있으면 무사하지 못하리라."

놀부는 장비란 말을 듣더니 놀라서 흠칫 움츠러들며 엎어져서 소리도 크게 내지 못한다.

"이야 째보야 이를 장차 어찌하잔 말이냐. 이번에는 바칠 돈도 없으니 죽는 수박에는 다른 수가 없나 보다."

그러나 째보는 차갑게 비웃으며 윽박지른다.

"너는 네가 지은 죄 때문에 죽거니와 나야 무슨 죄로 죽는단 말이냐. 그런 말을 다시 하다가는 내 손에 먼저 맞아 죽으리라. 우스운 말 말고 어서 타던 박이나 마저 타서 어찌하나 끝을 보세."

놀부가 하릴없어 마저 타고 나니 별안간 늠름한 한 대장이 와락 뛰어나온다. 얼굴은 숯먹을 갈아 끼얹은 듯 시커멓고 제비턱에 고리눈을 부릅뜨고 장팔사모 큰 창을 눈 위에 번쩍 들고 쇠북 같은 소리를 우레같이 내지른다.

"이놈 놀부야. 네가 세상에 나서 부모에게 불효하고 형제에 우애 없고 친척과 화목하지 못하니 죄악이 네 몸의 털을 모두 뽑아 갚아도 감당하지 못할 것이다. 하늘이 어찌 무심하리오. 옥황상제께서 너를 아주 혼쭐을 내어서 네 그 많은 죗값을 치르게 하라고 하셨다. 그래서 내가 특별히 왔으니 견디어 보아라."

그러고는 솥뚜껑 같은 손으로 놀부의 덜미를 훔쳐 들고 공기 놀리듯 놀린다. 놀부는 정신을 잃었다가 다시 피어나 울면서 애걸복걸 빈다. 장 장군이 그 모습을 불쌍히 여겨서 다시 꾸짖는다.

"네가 한 짓을 보면 다시는 움직이지도 못하게 혼쭐을 내야 하겠지만 네가 이토록 비니 이번만은 용서하겠다. 앞으로는 어진 동생을 구박 말고 형제 화목하게 살아라."

이렇게 타이르고 갔다. 놀부는 한바탕 경을 치르고 정신을 차려서는 또 동산으로 달려 올라갔다. 보니 아직도 박 두 통이 남았다. 한 통을 또 따 가지고 내려와 째보를 달랜다.

"이야 째보야, 내 일을 불쌍히 여겨라. 재물을 얻으려 하다가 그 많던 재산을 다 뺏기고 거지가 되었구나. 설마 박통마다 그러기야 하겠느냐. 이번에는 좋은 일이 있을 듯하니 아무 말도 말고 켜 보자."

째보가 응낙하고 박을 켠다.

"슬근슬근 톱질이야. 당기어 주소 톱질이야. 이 박은 켜거든 금은보화가 함부로 나와 흥부 같이 살아 보리라."

놀부 계집이 섰다가 참견을 한다.

"다른 보화는 많이 나와도 흥부 아주버니같이 첩은 행여 나오지 마옵소서."

"재산을 모두 없애고 상거지가 된 인물이 시샘이 어디서 나오는고. 소사스러이 굴지 말고 한편 구석에 가 있으라."

놀부가 제 아내를 꾸짖고 계속하여 밀거니 당기거니 슬근슬근 타며 귀를 기울이고 들으니 이번은 아무 소리도 없다. 놀부가 몹시 좋아하며 째보를 부추긴다.

"이번은 다 켜도 아무 소리가 없으니 아마 좋은 수가 있는 박인가 보다."

급히 타며 슬쩍 보니 박 속에 아무것도 없고 다만 평평한 박뿐이다. 놀부

가 몹시 좋아하는데 째보가 생각하니 여러 통마다 탈이 났으니 이 박인들 무사할 리가 없다. 오줌 누러 가는 체하고 달아나 버렸다.

　놀부가 째보를 기다리다 못해 박통을 도끼로 쪼개 놓고 보니 아무것도 없고 허연 박속이 먹음직하다. 그걸 보고 제 아내를 불러 말한다.

　"이 박은 먹음직하네. 배고픈데 우선 국이나 끓여 집안 식구들과 먹고 기운 나거든 남은 박은 우리 둘이 타 보세. 옛사람이 이르기를 고생 끝에 낙이 온다고 하였어. 그만치 죽을 고생을 했으니 끝에 가서는 좋은 일이 있지 하늘이 무심할 리가 있나. 숱한 재물을 얻으려면 초년고생은 피할 수가 없지. 어서 국이나 끓이소."

　놀부 계집이 좋아하며 박속을 숭덩숭덩 썰고 간을 맞추어 큰 솥에 물을 넉넉히 붓고 통장작을 지피어 쇠옹두리(소의 정강이뼈) 고듯이 반나절 동안이나 무르녹게 끓였다. 그것을 온 집안 식구가 한 사발씩 맛있게 먹었다. 놀부는 배가 붕긋하여 게트림을 하며 계집에게 한마디 했다.

　"그 국맛이 매우 좋아, 당동."

　놀부 계집이 대답한다.

　"글쎄요, 그 국이 맛이 아주 별나네요, 당동."

　놀부 자식들이 어미를 부르면서 말한다.

　"이 국맛이 좋소, 당동."

　놀부가 이상하게 생각하며

　"그 국을 먹었더니 말끝마다 당동당동 하니 참으로 이상하도다, 당동."

　놀부 아내도 이상하여

　"글쎄요, 나도 그 국을 먹고는 당동 소리가 절로 나네요, 당동."

　놀부 자식도

　"여보 어머니, 우리도 그 국을 먹었더니 당동 소리가 절로 나오, 당동."

"오냐 글쎄, 그러하다, 당동."

"너는 요망시리 굴지 마라, 당동. 무슨 국을 먹었다고 당동하리, 당동."

놀부가 나무라는 말에 놀부 아내는 여전히 당동거리며 대답한다.

"그 말이 옳소, 당동."

놀부 딸도 당동, 아들도 당동, 머슴아이도 당동, 놀부 아주미도 당동, 온 집안이 모두 당동당동, 무슨 가야금 뜯고 풍류하는 것처럼 거저 당동당동, 서로 나무라며 당동당동, 이렇게 당동당동 한다.

울 너머 왕 생원이 들으니 놀부 집에서 별별 야릇한 풍류 소리가 나므로 즉시 놀부를 불러 묻는다.

"여봐라 놀부야. 너희가 무엇을 먹었기에 그런 소리를 하느냐?"

놀부가 여쭌다.

"소인의 집에서 박을 심었는데 박이 열리어 국을 끓여 먹었더니 그 소리가 절로 나옵니다."

생원이 믿지 못하고 분부한다.

"네 말이 터무니없다. 박국을 먹었다고 그럴 리가 있느냐? 그 국 한 사발만 떠 오너라."

놀부가 떠 온 국 한 그릇을 생원이 받아 맛을 보니 국맛이 참으로 좋다. 왕 생원이 그 국을 맛있게 먹고 놀부에게 말한다.

"여보아라 놀부야. 그 국맛이 아주 특별하구나, 당동. 아차 나도 당동, 어찌하여 당동 하노."

말을 할 때마다 또 당동당동당동 소리가 절로 난다. 생원이 국 먹은 것을 후회하며 놀부를 꾸짖고 당동당동 하며 제 집으로 갔다.

왕 생원이 돌아간 후 놀부 역시 신세를 생각하니 기가 막혀 말도 못할 지경이다. 부자가 될 생각으로 박을 심었다가 그 많던 재산을 다 없애고 들도

보도 못한 숱한 고생에 매까지 수도 없이 맞았다. 그런데다 끝에 와서는 온 집안사람이 당동 소리로 병신이 되니 이런 분하고 원통한 일이 다시는 있을 것 같지 않다.

똥이냐 황금이냐, 온 집안이 싯누렇네

 그러면서도 또 낫을 가지고 동산으로 올라가서 박 덩굴을 함부로 헤쳐 보니 보이지 않는 덩굴 밑에 박 한 통이 아직 남아 있다. 크기가 인경만하고 무게가 천 근은 됨직하다. 놀부는 그것을 보고 분한 생각은 눈 녹듯 사라지고 욕심이 버썩 나서 혼잣말로 중얼거린다.
 "그러면 그렇지. 인제야 보물 든 박을 얻었도다. 무게를 보아도 금이 많이 든 모양이요, 또 재물이 많이 들었으므로 남의 눈에 뜨이지 않게 하려고 덩굴 속에 숨어 있었구나. 그것을 모르고 공연히 한탄을 하였지. 그 전 박통에서 나온 초라니 말이 금이 들기는 어느 박통에 들었을 것이라고 하더니 그 양반 말이 과연 옳도다. 황금 든 박이 여기 있는 줄 진작 알았으면 다른 박을 타지 말고 이 박을 먼저 켰을 것을."
 좋아 어쩔 줄을 모르며 그 박을 따 가지고 내려오는데 어깨춤이 절로 난다.
 "좋을 좋을 좋을시고, 지화자 좋을시고. 곱사등이 째보같이 복 없는 놈들, 끝장도 보지 않고 달아났으니 제 복이 그뿐이로다."
 놀부 계집이 내달아 놀부를 말린다.
 "그만두세요, 그만둬. 박에 신물도 아니 나. 만일 또 불량한 놈이 나오면 어쩌려고 박을 또 따 가지고 오세요?"
 놀부가 아내를 윽박지르며 기어이 박을 켜려고 한다.
 "방정맞고 요사한 년 물렀거라. 이 박은 틀림없는 금박이야. 재물을 얻으면 너도 귀해질 게 아니냐. 잔말 말고 우리 둘이 정성 들여 켜 보세."

박을 앞에 놓고 톱을 대어 켠다.

"슬근슬근 톱질이야, 당기어 주소 톱질이야."

슬근슬근 타다가 반쯤 켜고 나니 놀부는 또 궁금증이 난다. 박 속을 기웃이 들여다보니 그 속이 아주 싯누런 것이 온통 황금 같다.

"수 났구나. 그러면 그렇지. 마누라 자네도 이 박 속을 들여다보소. 저 누런 것이 온통 황금 덩일세."

놀부 처가 들여다보다가 대답한다.

"누른 것을 보니 금인 것 같긴 한데 그 속에서 구린내가 물큰물큰 나니 그것이 웬일이오?"

놀부는 제가 아주 잘 안다는 듯이 재촉한다.

"자네도 어리석은 소리 작작 하소. 박이 더 익고 덜 익은 것이 있으니 그렇지. 이 박은 아주 익을 대로 익어서 구린 냄새가 나는 줄을 모른단 말인가. 어서 바삐 타고 보세."

슬근슬근 칠팔 분이나 타다가 놀부와 놀부 아내가 궁금증이 또 나서 톱을 멈추고 양쪽에 마주 앉아 들여다본다. 그때 별안간 박 속에서 거센 바람이 휘몰아쳐 나오며 벼락같은 소리가 나더니 똥줄기가 무자위(물을 퍼 올리는 농기구)에서 물줄기 쏟아지듯 마구 쏟아진다. 놀부와 놀부 아내는 똥벼락을 맞고 나둥그러졌다. 똥줄기는 천군만마가 달려 나오는 듯, 태산을 밀치고 바다를 메울 듯 삽시간에 놀부 집 안팎채에 가득하다. 놀부와 놀부 아내는 온몸이 황금 덩이가 되어 달아났다. 멀찍이서 바라보니 온 집이 똥에 묻혔다. 만일 왕십리 거름 장수가 알게 되면 한 밑천 잡게 생겼다.

놀부 놈이 기가 막혀 발을 동동 구르며 애를 태운다.

"여보 마누라, 이 노릇을 어찌하잔 말이오? 재물을 얻으려 하다가 그 많던 재산을 다 탕진하고 끝내는 똥 때문에 옷가지 하나 없게 되었네. 어린 자식들과 기나긴 여름철에 무엇 먹고 살아가며 동지섣달 찬바람 불면 무엇 입고 살잔 말이오. 애고 답답 서러운지고."

 땅을 두드리며 통곡하는 동안 앞뒷집에 사는 양반의 집까지 똥이 밀려가서 그득하다. 그 양반들이 의논하고 고두쇠를 벼락같이 불러 분부한다.

 "놀부 놈을 즉각 잡아 오너라."

 고두쇠 놈이 워낙 놀부 놈을 미워하는 터이라 총알같이 달려가서 놀부 놈의 덜미를 퍽퍽 집어서 바람같이 몰아다가 생원 앞에 꿇리자 생원이 호령한다.

 "이놈 놀부야, 듣자 하니 네가 본디 부모께 불효하고 형제에게 우애 없고 친척과 화목하지 못하고 다만 재물만 아니 도적보다 더 심하다. 게다가 무슨 몹쓸 짓을 하다가 동네 양반이 귀가 시끄럽게 네 집에 화란이 줄줄이 일어나서 패가망신을 하였다고 하는구나. 허나 그것은 네가 지은 죗값이라 당해도 싼 일이거니와 네 죄 때문에 온 동네 양반 댁이 똥으로 못살게 되었으니 그런 죽일 놈이 어디 있으리오. 네 죄는 세상 이치대로 처벌할 것이지만 우선 여러 댁에 쌓인 똥을 해지기 전에 다 쳐내되 만일 조금이라도 지체하면 죽고 살아남지 못하리라."

 놀부를 꾸짖는 한편으로 고두쇠에게 놀부를 단단히 묶고 절구공이 찜질을 하라고 호령한다. 그런 뒤에 기왓장에 꿇려 앉히고 똥 쳐내기 전에는 끌러 놓지 말라고 단단히 이른다.

 놀부는 기가 막혀 말도 제대로 나오지 않는다. 그래도 양반의 기세가 무서워 감히 어기지 못하고 기왓장에 꿇어앉은 채 제 계집을 불렀다. 돈 오백 냥을 갖다 놓고 발 빠른 삯군을 시켜 왕십리, 앙감내, 이태원, 둔짐이, 청패, 칠패 여러 곳에 있는 거름 장사들을 있는 대로 불러다가 삯을 후히 주고 똥을 처내게 했다. 그런 후에야 놀부가 겨우 놓여 와서 부부가 서로 붙들고 갈

곳이 없어 통곡하고 있었다.

　이때 흥부는 놀부가 재산을 다 없애고 신세를 완전히 망친 것을 알았다. 깜짝 놀라 종들을 시켜 가마 두 채와 말 두 필을 거느리고 직접 건너와서 놀부 부부와 조카를 가마에 태우고 말을 태워 제 집으로 데려왔다. 서둘러 안방을 치우고 편안히 모시고서 옷을 만들어 입히고 맛있는 음식을 대접하며 날마다 위로했다. 그런 한편으론 좋은 터를 골라서 수만금을 들여 제 집과 똑같이 집을 짓고 가구와 살림살이, 옷가지와 음식까지 모두 자기 집 것과 똑같이 갖추어 그 형을 살게 하였다. 그러자 놀부 같은 몹쓸 놈도 흥부의 어진 덕에 감동하여 지난날의 잘못을 뉘우치고 서로 화목하여 더없이 사이좋은 형제가 되었다.

　흥부와 아내는 오래도록 부귀영화를 누리며 여든 살까지 살았고, 자손도 번성하여 하나하나가 모두 번듯하게 잘나서 집안 살림이 대대로 풍족하였다. 그 후 사람들이 흥부의 어진 덕을 칭송하여 그 이름이 백대가 지나도록 잊히지 않았고 광대의 노랫말에까지 올라 그 사적이 길이길이 전해졌다.

작품 해설 | 김성재

『흥부전』에 대한 몇 가지 생각

특별히 조선 냄새가 무럭무럭 나는 이야기

『흥부전』은 착한 동생 흥부와 못된 형 놀부의 이야기입니다. 얄밉다 못해 불쌍하기까지 한 놀부의 갖은 심술과, 그런 형의 온갖 나쁜 짓을 묵묵히 참아 내며 착하게 사는 흥부의 이야기는 남녀노소 누구나 잘 알고 있는 우리나라의 대표적인 옛날이야기입니다.

> 조선에 가장 널리 퍼진 이야기가 무엇이냐 하게 되면 아무든지 먼저 손꼽는 몇 개 가운데 반드시 한 목을 보는 것이 흥부 놀부 박 타던 이야기다. 어려서는 어머니 반짇고리 옆에서 듣고, 자라서는 광대 북 앞에서 듣고, 들을 뿐 아니라 책으로 보고, 책뿐 아니라 연극으로 구경하여, 뼈에 박히고 살에 들도록 우리 하고 익숙한 것이 실상 이 흥부 놀부 이야기다. 조선 이야기 중에도 특별히 조선 냄새가 무럭무럭 나는 이 이야기는……

이 글은 1922년 『동명東明』이라는 잡지에 실린 육당 최남선 님의 글(인권환 편저 『흥부전연구』에서 재인용)입니다. 이 글에서 지적했듯이 우리 민족은 흥부와 놀부의 이야기를 아주 오래전부터 익숙하게 들어 왔습니다. 그저 듣기만 할 뿐 아니라 나름대로 거기에 새로운 내용을 덧붙이기도 하고, 노래, 이야기, 연극, 춤 등 다양한 방법으로 재구성하기도 했습니다.

   그것은 『흥부전』이 한 편의 소설로 굳어진 지금도 마찬가지입니다. 『흥부전』은 드라마의 소재가 되고 대중가요의 제목이 되기도 하면서 새롭게 거듭

나고 있습니다. 이런 일은 아마 앞으로도 계속될 것 같습니다.

이야기꾼과 듣는 사람이 함께 만든 소설
이런 상상을 해볼 수 있습니다.

　사람이 많이 모이는 장터에 장사꾼 차림이 아닌 두 남자가 나타납니다. 한 사람은 아무것도 지닌 것이 없지만 한 사람은 북 하나를 메고 있습니다. 장터를 어슬렁거리던 그들은 적당한 장소를 골라 앉아 북을 치기 시작합니다. 처음에는 '동동' 작게 울리던 북소리가 조금씩 빨라지고 커져서 사람들의 귀를 잡아끌게 되지요. 사람들이 하나 둘 모여들기 시작합니다.

　사람들이 모이면 북 치던 사람 곁에 있던 남자가 이야기보따리를 풀어놓기 시작합니다. 어쩌면 대뜸 노래부터 한 자락 불렀을지도 모르지요. 노래를 하다가 목이 아프면 그냥 말로 하고, 말로 하다가 신명이 오르면 다시 노래를 부릅니다. 이야기 흐름에 따라 북소리도 빨랐다가 느렸다가 낮았다가 높아지면서 두 사람이 한마음이 되어 사람들의 눈과 귀를 붙잡아 둡니다.

　듣는 사람도 가만히 서서 듣기만 하는 것이 아닙니다. 신명나는 북소리에 어깨를 들썩이고 무릎장단을 치며, 이야기 내용에 따라 까르르 웃기도 하고 눈물을 닦아 내기도 합니다. 흥부같이 착한 사람이 모진 고생을 할 때면 안타까워서 발을 동동 구르기도 하고, 놀부의 못된 심술이 펼쳐지면 혀를 차며 꾸짖기도 합니다. 사람들의 반응을 보고 더욱 신이 난 창자唱者(노래하는 사람)는 원래 없었던 심술 몇 가지를 슬그머니 덧붙이기도 했겠지요.

이렇게 한 사람의 창자와 한 사람의 고수鼓手(북 치는 사람)가 짝을 이루어 말과 노래를 섞어 가며 긴 이야기를 들려주는 형식을 판소리라고 합니다. 판소리는 원래 정해진 무대에서 일정한 대본을 가지고 공연하던 것이 아니라 아무데서나 판을 벌이고 판이 벌어지면 듣는 사람들과 함께 울고 웃으며 관객과 공연자(보통 광대라고 한다)가 같이 만들어 가는 예술 형식이었습니다.

광대가 무엇을 가지고 처음 이야기를 꾸몄는지는 정확히 알 수 없습니다. 옛날부터 입에서 입으로 전해 오는 이야기(설화)를 가지고 시작했을 것으로 생각되지만 그것도 확인할 수는 없습니다. 다만 여러 사람 앞에서 자꾸자꾸 이야기하는 동안에 광대 자신이 새로운 내용을 꾸며 넣기도 하고, 여기저기 다니면서 들은 이야기를 슬쩍 끼워 넣기도 했을 것입니다. 또 듣는 사람이 자기 주변에 이야기 주인공과 비슷한 사람이 있는데 그 사람은 이런 짓을 한다고 광대에게 일러 줄 수도 있었을 것입니다.

이렇게 해서 판소리의 내용은 점점 풍성해지고 다양해졌을 것입니다. 그러므로 판소리의 내용은 누가 만들었다고 딱 집어서 말할 수 없습니다. 보통 소리하는 광대들이 만들었다고 하지만 이것이 반드시 정답이라고 할 수도 없습니다. 판소리는 광대가 부르지만 자꾸자꾸 내용이 덧붙는 데는 듣는 사람도 한몫을 했기 때문이지요. 판소리 판은 아마도 우리나라 방방곡곡에서 벌어졌을 것이니, 우리 민족 모두가 함께 만든 이야기라고 해도 지나친 말은 아닐 것입니다.

그것이 시간이 지나고 판이 거듭될수록 일정한 짜임새를 갖추게 되고 한 편의 훌륭한 이야기가 만들어지게 됩니다. 광대들이 입으로 들려주던 이야기를 누군가가 글로 옮겨 적고, 글로 적고 보니 읽기에 적당하지 않은 부분을 다듬어서 마침내 한 편의 소설이 탄생하게 되는 것입니다.

이렇게 만들어진 소설을 판소리계 소설이라고 합니다. 『흥부전』은 『춘향전』, 『심청전』, 『토끼전』과 함께 그 판소리계 소설 중에서 대표적인 작품입니다.

서민들에게 울린 희망의 메시지

많은 사람 앞에서 이야기를 들려주고 그 이야기판에 사람들을 붙잡아 두기 위해서는 어떻게든 재미있고 감동적으로 이야기를 꾸며 가야 합니다.

그 이야기가 자신의 일상생활과 영판 동떨어진 이야기라면 재미있을지는 모르지만 감동적이지는 않을 것입니다. 그래서 판소리계 소설은 우리 생활과 밀접한 소재들을 다룹니다. 『흥부전』은 당시 서민들의 일상생활과 직결되는 이야기였습니다. 형제간의 우애는 이 이야기가 만들어진 당시는 물론이고 지금도 우리가 살아가는 데 없어서는 안 될 매우 중요한 덕목입니다. 『흥부전』은 바로 그런 형제의 이야기를 소재로 했습니다. 형제의 우애는 우리 전통 사회에서 충과 효에 뒤지지 않는 중요한 가치였는데도 우애를 주제로 한 우리 고전소설은 많지가 않습니다. 그 중에서 『흥부전』은 대표적인 우애 소설이고, 그런 점에서 『흥부전』의 가치가 매우 커집니다.

또 『흥부전』이 처음 만들어지던 시대 우리나라의 서민들은 매우 가난하게 살았습니다. 흥부의 가난은 이야기 속에 나오는 흥부만의 일이 아니고 우리나라 모든 서민의 일상생활이었습니다. 그래서 『흥부전』은 서민들에게 더욱 친숙한 이야기였을 것입니다.

하지만 착한 흥부가 끝까지 고생만 하다가 이야기가 끝난다면 듣는 동안 신명나던 기분이 싹 사라지겠지요. 그래서는 감동도 없습니다. 착한 흥부가 잘먹고 잘사는 모습을 보아야 사람들은 기분 좋게 돌아갈 수가 있습니다. 박 속에서 온갖 보물이 우수수 쏟아져서 하루아침에 부자가 된 흥부를 보면 흥부처럼 가난한 나도 언젠가는 잘살 수 있다는 기대를 갖게 됩니다. 그 기대는 가난한 현실에 굴복하지 않고 현실과 맞서 나갈 수 있는 용기를 줍니다. 그것은 지금의 우리도 똑같이 느낄 수 있는 감정입니다.

『흥부전』은 싸우지 않고도 이기는 법을 보여 줍니다. 늘 지면서도 결국엔 이기게 되는 '선善의 힘'을 보여 줍니다. 부모님의 유산을 혼자 다 차지하고 동생을 구박하기만 하는 나쁜 형 놀부가 착한 동생 흥부 앞에 무릎 꿇게 한 것은 흥부의 착한 마음입니다. 정의를 지키는 힘은 무력이나 증오가 아니라 '끝까지 선을 지키는 용기' 임을 알게 합니다.

재미있고 풍성한 말의 잔치판

『흥부전』에서는 또 강물이 흐르듯 줄줄이 이어지는 우리말의 부드러운 리듬을 느낄 수 있습니다. 자로 잰 듯 앞뒤를 맞추며 논리적으로 풀어나가는 딱딱한 말이 아닙니다. 순간순간 말꼬리를 잡고 다음 말로 이어가는 유쾌한 말잔치를 즐길 수 있습니다.

한 글자만 띄워 주면 그 글자가 들어가는 단어와 문장들이 술술 풀려 나오는 왈짜들의 말놀이는 지금의 '삼행시 짓기'나 '끝말잇기 놀이'와는 수준부터 다릅니다. 책 이름, 사람 이름은 물론이고 유명한 한시漢詩 구절이나 흘러 다니는 속담까지 필요한 대로 끌어다 붙이면서도 자연스럽고 익살맞게 이어 나갑니다. 아마 그런 부분에서 광대들은 숨이 가쁠 정도로 빠른 가락으로 불러 섶였을 것이고 듣는 사람도 어깨가 절로 들썩였을 것입니다.

또한 '아금이 바금이' 같은 이름이나, '슬근슬근 톱질' 대신 '흘근흘근 흡질' 하는 째보의 엉성한 발음 묘사는 우리말이 소리나 형태를 표현하는데 얼마나 뛰어난 언어인가를 새삼 깨닫게 합니다. 작품의 전편에 수시로 나오는 각종 의성어 의태어의 재미도 『홍부전』에서 느낄 수 있는 신선한 즐거움입니다.

이 책은 『홍부전』의 여러 이본 가운데 '줄거리 체계로 보아 『홍부전』 이본들의 결정판이라 할 수 있겠다.'는 유광수 님의 견해를 받아들여 1917년 박문서관에서 발행한 『홍보전』(국립중앙도서관 소장)을 대본으로 했습니다.